民族文字出版专项资金资助项目

中国彝族当代母语诗歌大系（上卷）

阿索拉毅　马海吃吉　主编

四川民族出版社

[illegible]
[illegible]

[illegible] [illegible]
[illegible] [illegible]
[illegible] [illegible]
[illegible] [illegible]
[illegible] [illegible]
[illegible] [illegible]108[illegible]
[illegible] 610091
[illegible] [illegible]
[illegible] 160mm × 240mm
[illegible] 53.5
[illegible] 890[illegible]
[illegible] 2017[illegible]9[illegible]
[illegible] 2017[illegible]9[illegible]
[illegible] ISBN 978-7-5409-7243-1
[illegible] 130.00[illegible]

《[illegible]》

[illegible]

[illegible]: [illegible]

[illegible]: [illegible]

[illegible]: [illegible]

《中国彝族当代母语诗歌大系》

编 委 会

[illegible]

——《[illegible]》[illegible]

[illegible]

[illegible]

[illegible]

[illegible]

[illegible]

[illegible]

[illegible]

[illegible]

[illegible]

2017[illegible]8[illegible]19[illegible] [illegible]

目录

Contents

[illegible]

守民族之魂 唤诗歌之魂

[illegible] …… 002

[illegible] …… 021

[illegible] …… 053

[illegible] …… 061

[illegible] …… 064

[illegible] …… 067

[illegible] …… 075

[illegible] …… 082

[illegible] …… 095

[illegible] …… 133

[illegible] …… 141

[illegible] …… 147

[illegible] …… 149

[illegible] ······ 153
[illegible] ······ 162
[illegible] ······ 167
[illegible] ······ 172
[illegible] ······ 179
[illegible] ······ 185
[illegible] ······ 191
[illegible] ······ 195
[illegible] ······ 205
[illegible] ······ 208
[illegible] ······ 212
[illegible] ······ 215
[illegible] ······ 219
[illegible] ······ 221
[illegible] ······ 223
[illegible] ······ 227
[illegible] ······ 229
[illegible] ······ 230
[illegible] ······ 232
[illegible] ······ 235
[illegible] ······ 236
[illegible] ······ 238
[illegible] ······ 253
[illegible] ······ 258

[illegible]

萌芽似春笋　前路仍漫长

[illegible] …… 262
[illegible] …… 297
[illegible] …… 327
[illegible] …… 353
[illegible] …… 380
[illegible] …… 388
[illegible] …… 394
[illegible] …… 409
[illegible] …… 410
[illegible] …… 416
[illegible] …… 440
[illegible] …… 451
[illegible] …… 466
[illegible] …… 470
[illegible] …… 481
[illegible] …… 488
[illegible] …… 509
[illegible] …… 512
[illegible] …… 518
[illegible] …… 521
[illegible] …… 526
[illegible] …… 529
[illegible] …… 532
[illegible] …… 535
[illegible] …… 536

[illegible] …… 538
[illegible] …… 540
[illegible] …… 542
[illegible] …… 550
[illegible] …… 554
[illegible] …… 563
[illegible] …… 567
[illegible] …… 578
[illegible] …… 579
[illegible] …… 590
[illegible] …… 593
[illegible] …… 607
[illegible] …… 619
[illegible] …… 623
[illegible] …… 634
[illegible] …… 641
[illegible] …… 684
[illegible] …… 691
[illegible] …… 699
[illegible] …… 706
[illegible] …… 713
[illegible] …… 725
[illegible] …… 727
[illegible] …… 729
[illegible] …… 737
[illegible] …… 739
[illegible] …… 747
[illegible] …… 753
[illegible] …… 755
[illegible] …… 764

[illegible] …… 768

[illegible] …… 769

[illegible] …… 777

[illegible] …… 784

[illegible] …… 786

[illegible] …… 789

[illegible] …… 791

[illegible] …… 793

[illegible] …… 800

[illegible] …… 808

[illegible] …… 824

[illegible] …… 825

[illegible] …… 827

[illegible] …… 831

[illegible] …… 834

[illegible] …… 837

[illegible] …… 839

守民族之魂　唤诗歌之魂

[illegible]

[illegible]

[illegible]！
[illegible]
[illegible]
[illegible]？
——[illegible]《[illegible]》

[illegible]——
[illegible]
[illegible]
[illegible]——
[illegible]
[illegible]
[illegible]
[illegible]
[illegible]
[illegible]
[illegible]
[illegible]
[illegible]

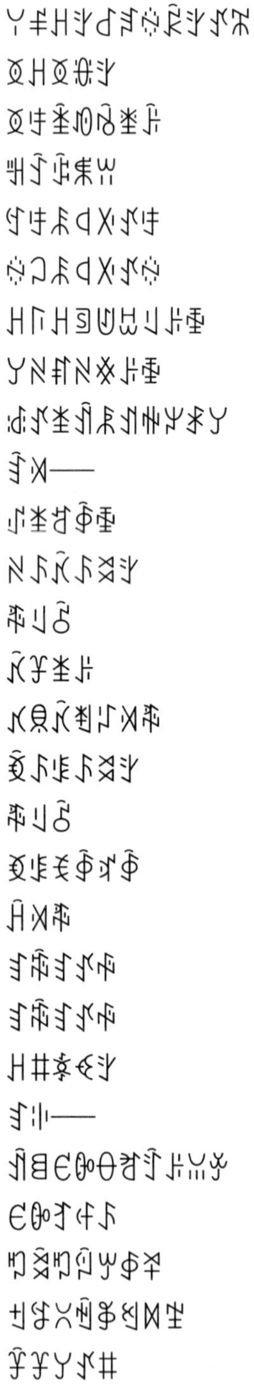

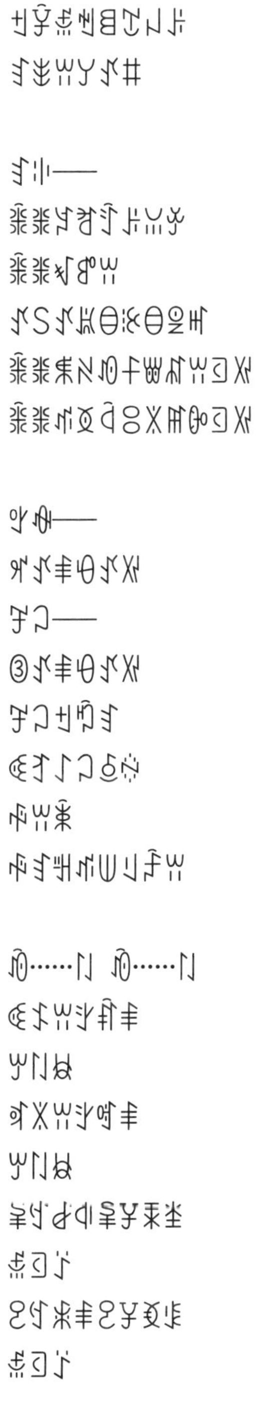

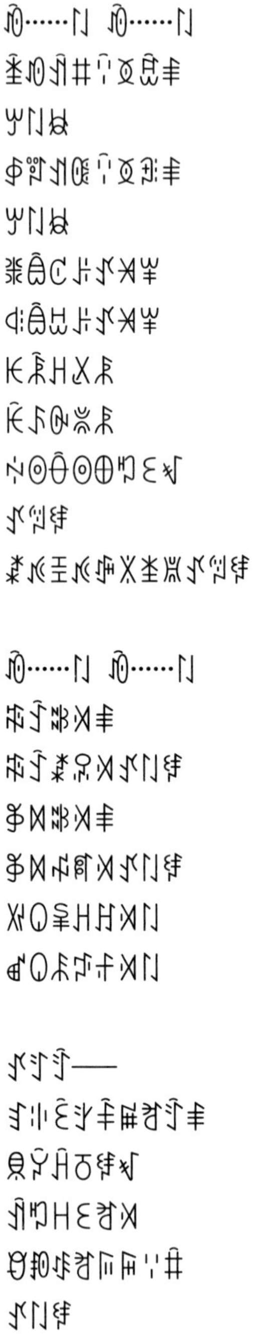

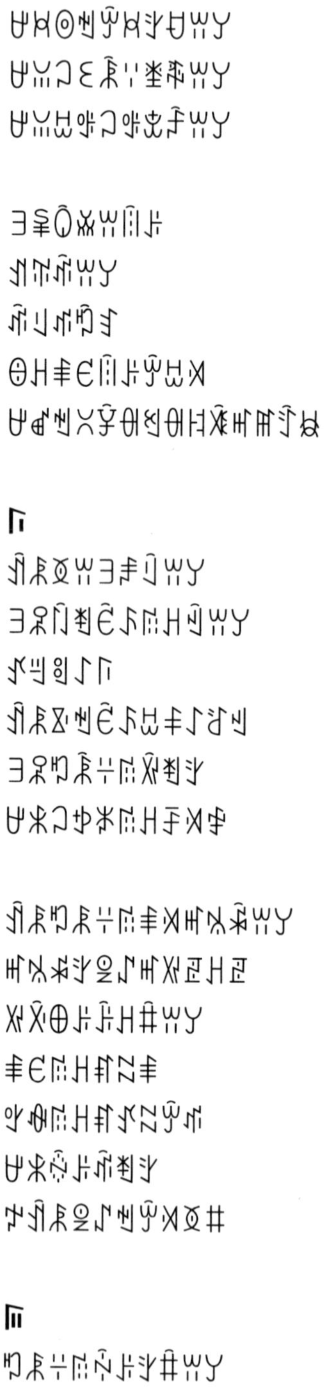

[illegible]
[illegible]
[illegible]

——[illegible]，[illegible]！
[illegible]——
[illegible]
[illegible]

[illegible]
[illegible]
[illegible]
[illegible]

[illegible]
[illegible]
[illegible]
[illegible]

[illegible]
[illegible]
[illegible]
[illegible]
[illegible]
[illegible]
[illegible]
[illegible]

[illegible]

[illegible]
[illegible]
[illegible]
[illegible]
[illegible]

[illegible]
[illegible]
[illegible]
[illegible]
[illegible]

[illegible]
[illegible]
[illegible]
[illegible]
[illegible]

[illegible]

[illegible]
[illegible]
[illegible]
[illegible]

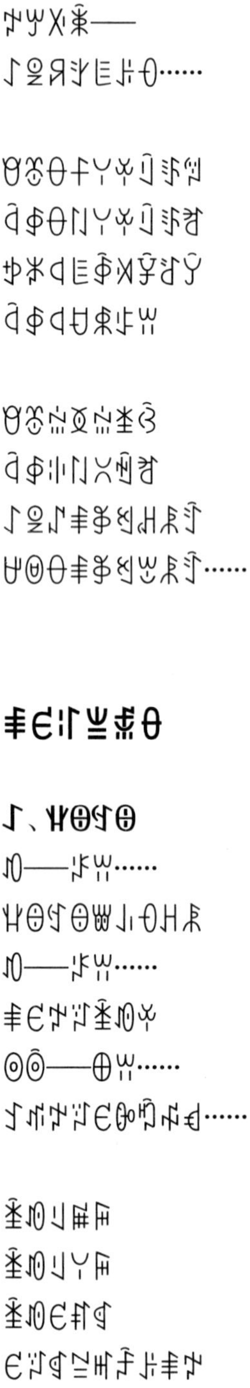

[illegible]

[illegible]
[illegible]
[illegible]——
[illegible]
[illegible]
[illegible]
[illegible]
[illegible]
[illegible]
[illegible]
[illegible]
[illegible]
[illegible]
[illegible]
[illegible]
[illegible]
[illegible]
[illegible]……

[illegible]

[illegible]

——[illegible]

[illegible]

[illegible]

[illegible]

……

[illegible]

[illegible]

[illegible]

[illegible]

[illegible]

[illegible]

[illegible]

[illegible]

[illegible]

[illegible]

[illegible]

……

[illegible]

[illegible]

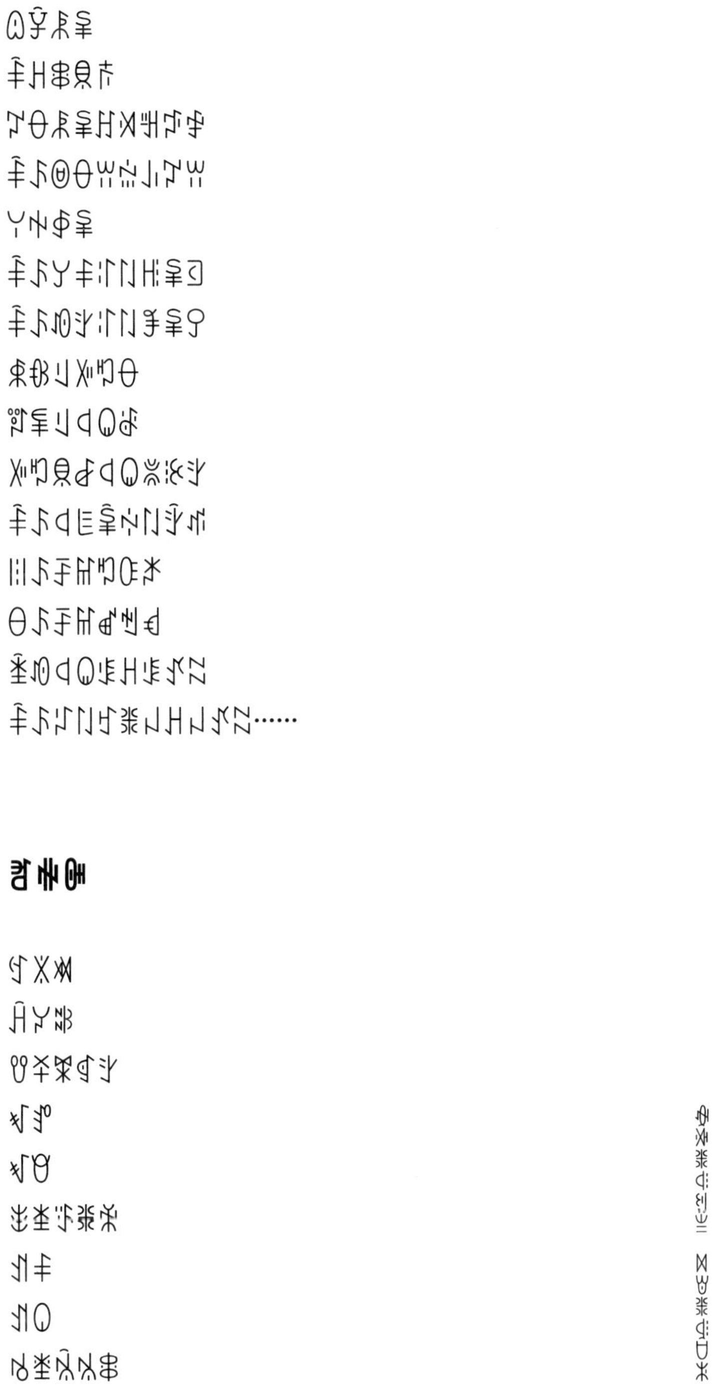

......

[illegible]……

[illegible]

[illegible]，
[illegible]。
[illegible]，
[illegible]：
[illegible]，
[illegible]，
[illegible]，
[illegible]。
[illegible]，
[illegible]，
[illegible]。
[illegible]，
[illegible]，
[illegible]，
[illegible]，
[illegible]。
[illegible]，
[illegible]：
[illegible]，
[illegible]，
[illegible]，
[illegible]。
[illegible]，

[illegible]。
[illegible]，
[illegible]，
[illegible]。
[illegible]，
[illegible]，
[illegible]：
[illegible]，
[illegible]，
[illegible]，
[illegible]，
[illegible]，
[illegible]，
[illegible]，
[illegible]，
[illegible]，
[illegible]？

[illegible]，
[illegible]：
[illegible]，
[illegible]，
[illegible]，
[illegible]，
[illegible]，
[illegible]，
[illegible]，
[illegible]。

[illegible]，
[illegible]，
[illegible]，
[illegible]，
[illegible]：
[illegible]，
[illegible]，
[illegible]，
[illegible]，
[illegible]，
[illegible]，
[illegible]？

[illegible]，
[illegible]：
[illegible]，
[illegible]，
[illegible]，
[illegible]。
[illegible]，
[illegible]，
[illegible]。

[illegible]，
[illegible]，
[illegible]，
[illegible]，

[illegible]

θ θ

[illegible]
[illegible]
[illegible]
[illegible]
[illegible]

[illegible]
[illegible]
[illegible]
[illegible]
[illegible]

[illegible]
[illegible]
[illegible]
[illegible]
[illegible]

[illegible]

[illegible]
[illegible]

[illegible]

[illegible]

……

[illegible]!

[illegible]

[illegible]

[illegible]

[illegible]

[illegible]

[illegible]

[illegible]

[illegible]

[illegible]

……

[illegible]!

[illegible]

[illegible]

[illegible]

[illegible]

[illegible]

[illegible]

[illegible]

[illegible]

[illegible]

……

[illegible]!

[illegible]

[illegible]

[illegible]
[illegible]
[illegible];
[illegible]
[illegible]
[illegible]——
[illegible]
[illegible]

[illegible]
[illegible]
[illegible];
[illegible]
[illegible]
[illegible]——
[illegible]
[illegible]
[illegible]
[illegible]
[illegible];
[illegible]
[illegible]
[illegible]——
[illegible]
[illegible]

[illegible]

[illegible]!

[illegible]

[illegible]

[illegible]

[illegible]

……

[illegible]——

[illegible]

[illegible]

[illegible]!

[illegible]

[illegible]

[illegible]

[illegible]，[illegible]……[illegible]!

[illegible]——

[illegible]

[illegible]

[illegible]

[illegible]

[illegible]

[illegible]

[illegible]

[illegible]

[illegible]
[illegible]
[illegible]
[illegible]
[illegible]
[illegible]
[illegible]
[illegible]
[illegible]
[illegible]
[illegible]

[illegible]——
[illegible]
[illegible]
[illegible]
[illegible]!
[illegible]
[illegible]
[illegible]

[illegible]

[illegible]
——[illegible]
[illegible]
[illegible]

……

……

……

[illegible]
[illegible]
……
[illegible]
[illegible]
[illegible]?

[illegible]

[illegible]
[illegible]
[illegible]
……
[illegible]
[illegible]
[illegible]
[illegible]
[illegible]
[illegible]
[illegible]

[illegible]
[illegible]
[illegible]
……
[illegible]
[illegible]

[illegible]
[illegible]
[illegible]
[illegible]
[illegible]
[illegible]

[illegible]!
[illegible]——
[illegible]
[illegible]
[illegible]
……

[illegible]

[illegible]
[illegible]
[illegible]
[illegible]
[illegible]
……
[illegible]
——[illegible]
[illegible]
[illegible]
[illegible]

[illegible]
[illegible]
[illegible]
[illegible]
[illegible]
……
[illegible]
——[illegible]
[illegible]
[illegible]
[illegible]……

[illegible]

[illegible]
[illegible]
[illegible]
——[illegible]
[illegible]
[illegible]

[illegible]
[illegible]
[illegible]
——[illegible]
[illegible]
[illegible]

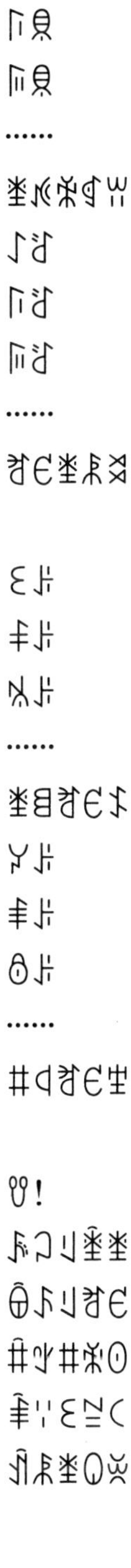

[illegible]
[illegible]
[illegible]!
[illegible]——
[illegible]
[illegible]

[illegible]

[illegible]——
[illegible]
[illegible]
……
[illegible]
[illegible]
[illegible]
[illegible]

[illegible]——
[illegible]
[illegible]
……
[illegible]
[illegible]
[illegible]
[illegible]
[illegible]!

[illegible]——
[illegible]
[illegible]
[illegible]

[illegible]

[illegible]——
[illegible]!
[illegible]
[illegible]
[illegible]
[illegible]
[illegible]!

[illegible]——
[illegible]!
[illegible]
[illegible]
[illegible]
[illegible]
[illegible]
[illegible]!

[illegible]——
[illegible]!
[illegible]

[illegible]

[illegible]

[illegible]

……

[illegible]

[illegible]

……

[illegible]
[illegible]
[illegible]
[illegible]
[illegible]

[illegible]
[illegible]
[illegible]
[illegible]
……
[illegible]
[illegible]
[illegible]
[illegible]
[illegible]

[illegible]

[illegible]
[illegible]
[illegible]
……
[illegible]
[illegible]

[illegible]

[illegible]
[illegible]
……
[illegible]
[illegible]

[illegible]
[illegible]
[illegible]
……
[illegible]
[illegible]

[illegible]……
[illegible]
[illegible]
[illegible]
[illegible]
[illegible]

[illegible]

[illegible]——
[illegible]
[illegible]
[illegible]
[illegible]

[illegible]

[illegible]——[illegible]
[illegible]
[illegible]
[illegible]
[illegible]
[illegible]

[illegible]——[illegible]
[illegible]
[illegible]
[illegible]
[illegible]
[illegible]

[illegible]——[illegible]
[illegible]!
[illegible]——[illegible]
[illegible]!
[illegible]——[illegible]!

[illegible]

[illegible]

[illegible]，[illegible]，[illegible]。[illegible]。

——[illegible]

[illegible]

[illegible]

[illegible]

[illegible]

[illegible]

[illegible]

[illegible]

[illegible]

[illegible]

[illegible]

[illegible]

[illegible]

[illegible]

[illegible]

[illegible]

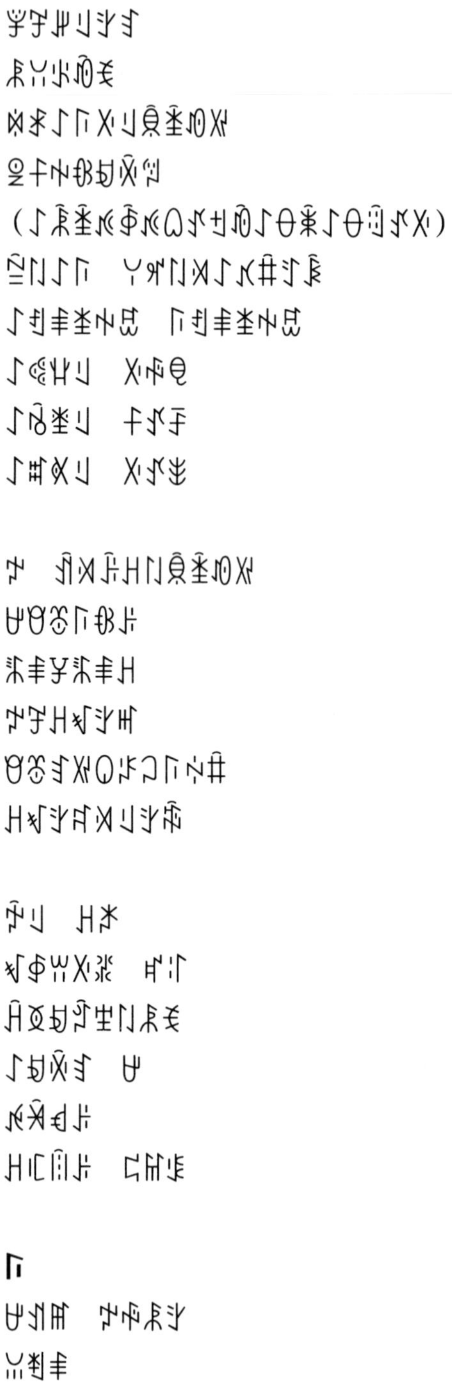

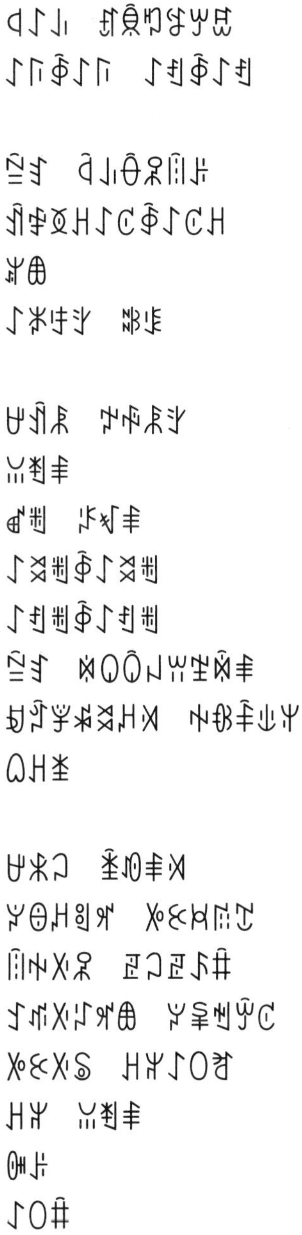

[illegible]

[illegible]

[illegible]

[illegible]

[illegible]

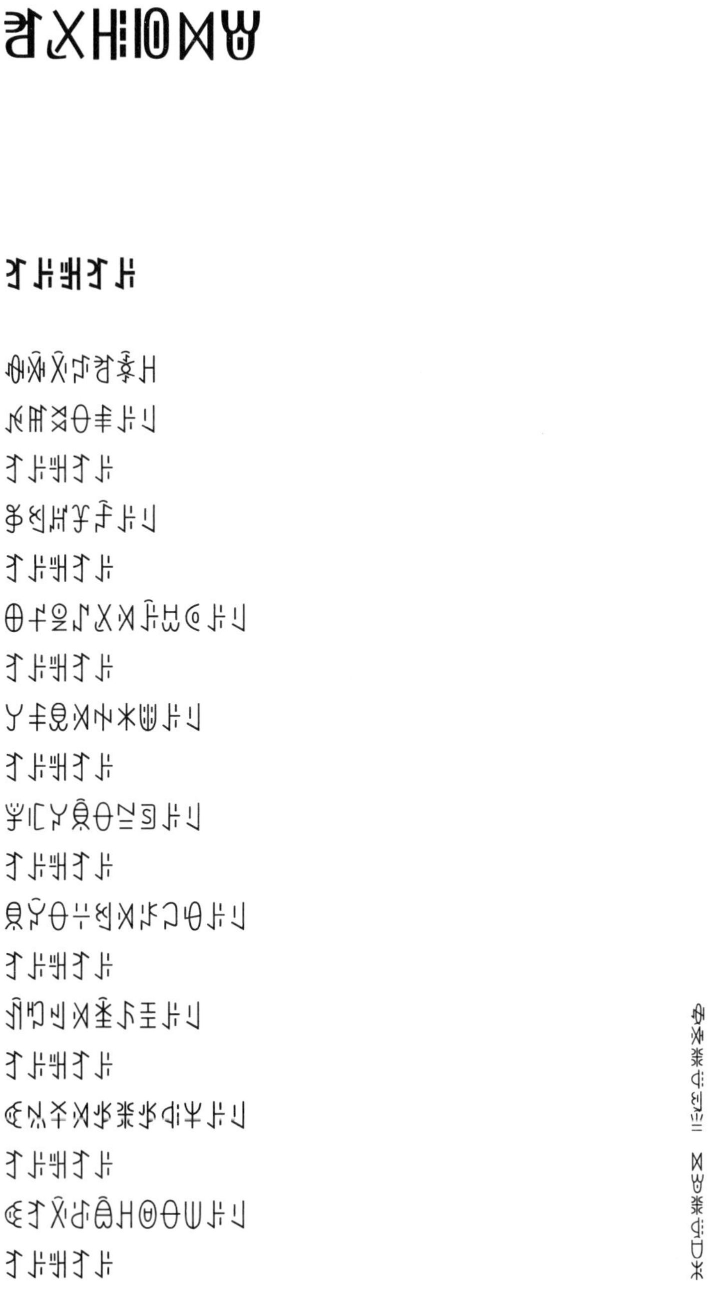

[illegible]
[illegible]
[illegible]
[illegible]
[illegible]
[illegible]
[illegible]

[illegible]

[illegible]
[illegible]
[illegible]
[illegible]
[illegible]
[illegible]
[illegible]
[illegible]……

[illegible]

[illegible]
[illegible]
[illegible]
[illegible]

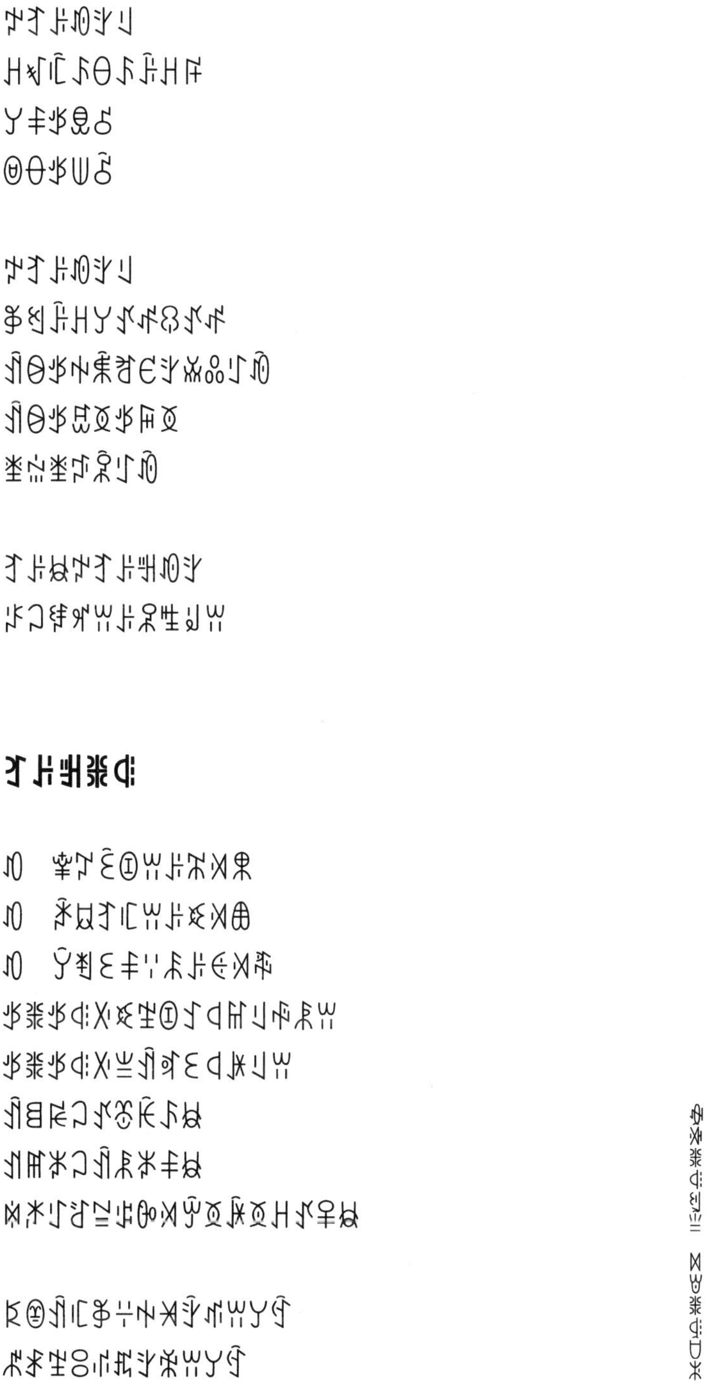

[illegible]

[illegible]

[illegible]

[illegible]，[illegible]，[illegible]
[illegible]。

——[illegible]

[illegible]
[illegible]
[illegible]
[illegible]
[illegible]
[illegible]
[illegible]
[illegible]
[illegible]
[illegible]
[illegible]
[illegible]
[illegible]
[illegible]
[illegible]

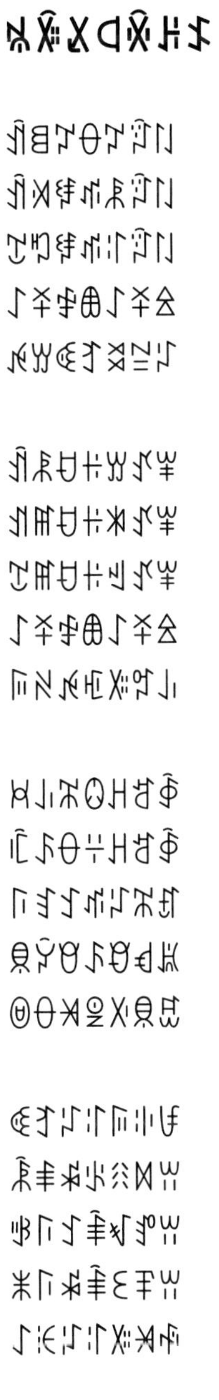

[illegible]

[illegible]

[illegible]

[illegible]

[illegible]

[illegible]

[illegible]

——[illegible]

[illegible]
[illegible]
[illegible]
[illegible]
[illegible]
[illegible]

[illegible]
[illegible]
[illegible]
[illegible]
[illegible]
[illegible]

[illegible]

[illegible]
[illegible]
[illegible]
[illegible]
[illegible]
[illegible]

[illegible]

[illegible]，
[illegible]？
[illegible]，
[illegible]？

[illegible]，
[illegible]？
[illegible]，
[illegible]？
[illegible]，
[illegible]，
[illegible]，
[illegible]，
[illegible]。
[illegible]，[illegible]……

[illegible]
[illegible]
[illegible]
[illegible]
[illegible]
[illegible]

[illegible]，[illegible]——[illegible]
[illegible]，[illegible]——[illegible]
……

[illegible]

[illegible]
[illegible]
[illegible]
[illegible]
[illegible]
[illegible]
[illegible]
[illegible]
[illegible]
[illegible]
[illegible]
[illegible]
[illegible]
[illegible]

[illegible]
[illegible]

[illegible]
[illegible]
[illegible]
[illegible]
[illegible]，[illegible]
[illegible]，[illegible]？
[illegible]，[illegible]？
[illegible]，[illegible]？
[illegible]，[illegible]？
[illegible]，[illegible]？
[illegible]？
[illegible]
[illegible]，[illegible]
[illegible]
[illegible]
[illegible]

[illegible]，[illegible]
[illegible]，[illegible]
[illegible]……
[illegible]，[illegible]
[illegible]，[illegible]
[illegible]，[illegible]
[illegible]？
[illegible]，[illegible]

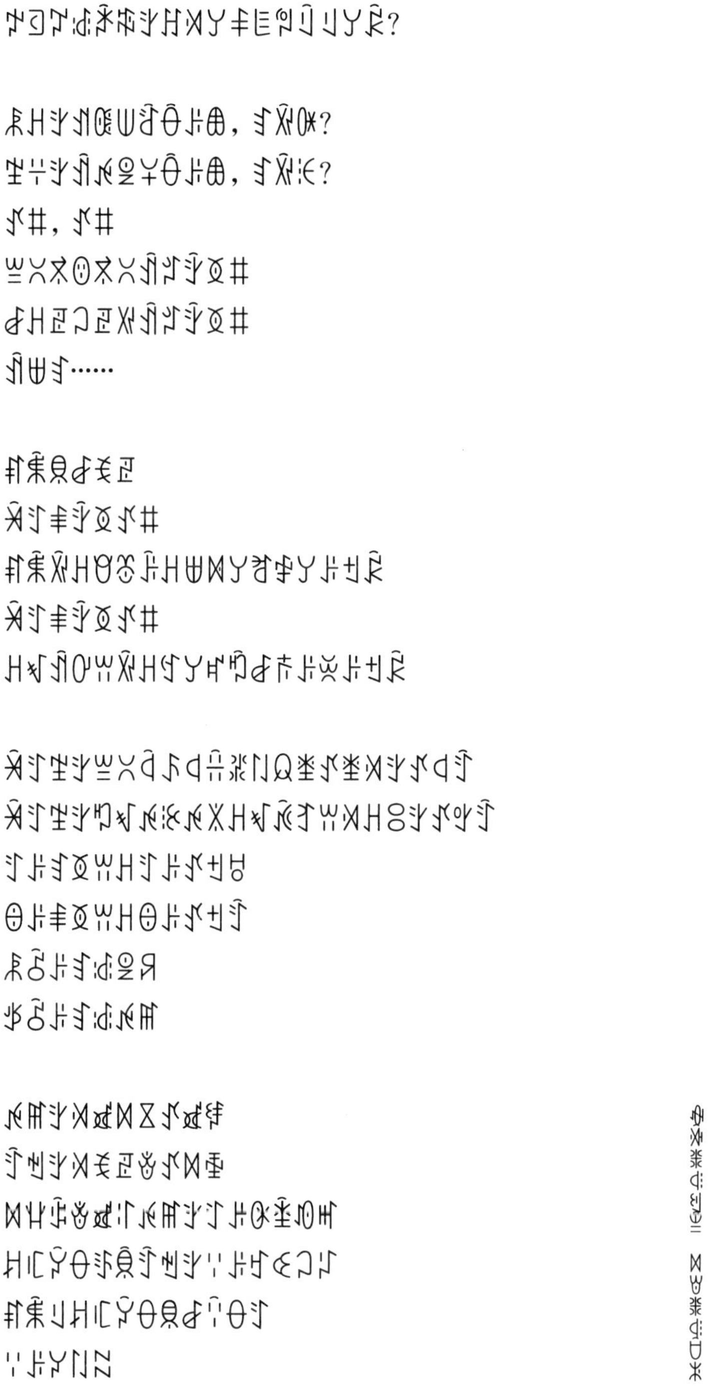

[illegible]
[illegible]
[illegible]
[illegible]
[illegible]
[illegible]
[illegible]
[illegible]……

[illegible]

[illegible]
[illegible]
[illegible]
[illegible]
[illegible]
[illegible]
[illegible]
[illegible]

[illegible]
[illegible]
[illegible]
[illegible]
[illegible]
[illegible]
[illegible]

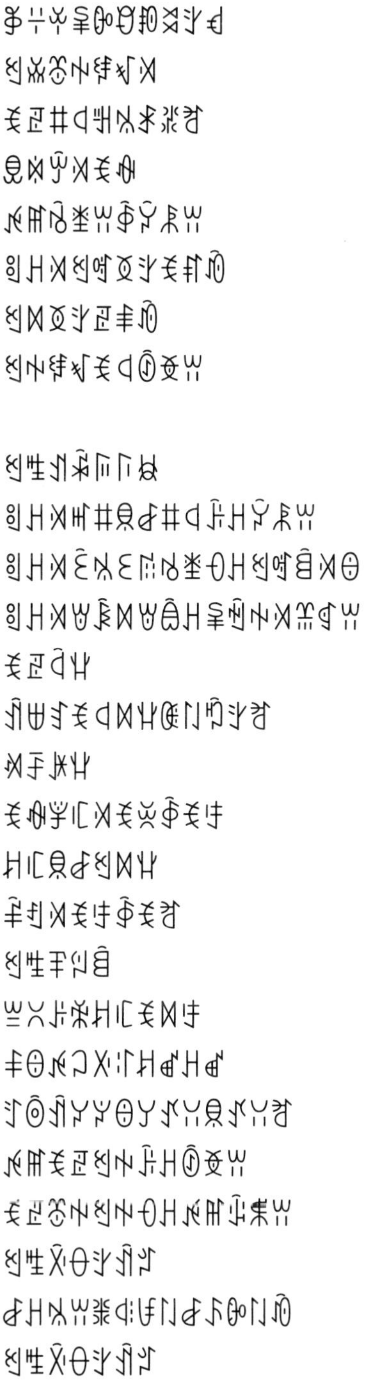

[illegible]

[illegible]

[illegible]

[illegible]

ꑍ

[illegible]

[illegible]

[illegible]

[illegible]

[illegible]

[illegible]

[illegible]

ꌕ

[illegible]

[illegible]

[illegible]

[illegible]

[illegible]

[illegible]

[illegible]

[illegible]

[illegible]

[illegible]

[illegible]

[illegible]

[illegible]

[illegible]

[illegible]

[illegible]

[illegible]

[illegible]

[illegible]

[illegible]

[illegible]

[illegible]

[illegible]

[illegible]

[illegible]

[illegible]

[illegible]

[illegible]

[illegible]

[illegible]

[illegible]

[illegible]

[illegible]

[illegible]

[illegible]

[illegible]

[illegible]

[illegible]

[illegible]

[illegible]

[illegible]

[illegible]

[illegible]

[illegible]

[illegible]

[illegible]

[illegible]

[illegible]

[illegible]

[illegible]

[illegible]

[illegible]

[illegible]

[illegible]

[illegible]

[illegible]

[illegible]

[illegible]

[illegible]

[illegible]

[illegible]

[illegible]

[illegible]

[illegible]

[illegible]

[illegible]

[illegible]

[illegible]

[illegible]

[illegible]

[illegible]

[illegible]

[illegible]。

[illegible]！[illegible]？

[illegible]！[illegible]，[illegible]，[illegible]。

[illegible]！[illegible]，[illegible]，[illegible]。

[illegible]！[illegible]，[illegible]，[illegible]，[illegible]，[illegible]，[illegible]。

[illegible]！[illegible]，[illegible]？

[illegible]

[illegible]！

[illegible]，

[illegible]，

[illegible]，

[illegible]，

[illegible]，[illegible]，

[illegible]，[illegible]；

[illegible]，

[illegible]。

[illegible]！

[illegible]，

[illegible]。

[illegible]

[illegible]，

[illegible]，

[illegible]，

[illegible]，
[illegible]，
[illegible]。

[illegible]

[illegible]！[illegible]！
[illegible]？
[illegible]？
[illegible]？
[illegible]？
[illegible]，[illegible]？
[illegible]，[illegible]？
[illegible]？
[illegible]！[illegible]！
[illegible]，[illegible]。
[illegible]，[illegible]？

[illegible]、[illegible]，[illegible]？

[illegible]，[illegible]？

[illegible]，[illegible]？

[illegible]

[illegible]！[illegible]。[illegible]，[illegible]，[illegible]。

[illegible]；

[illegible]

[illegible]

[illegible]

[illegible]

[illegible]

[illegible]

[illegible]

[illegible]

[illegible]

[illegible]

[illegible]

[illegible]

[illegible]

[illegible]

[illegible]。

[illegible]，[illegible]。

[illegible]，[illegible]，[illegible]。

[illegible]

[illegible]，[illegible]。

[illegible]，[illegible]。

[illegible]，[illegible]，[illegible]。

[illegible]，[illegible]。

[illegible]，[illegible]，[illegible]，[illegible]，[illegible]。

[illegible]！[illegible]，[illegible]。

[illegible]，[illegible]，[illegible]。

[illegible]，[illegible]，[illegible]。

[illegible]

[illegible]，[illegible]，[illegible]，[illegible]，[illegible]。

[illegible]，[illegible]，[illegible]，[illegible]，[illegible]。

[illegible]，[illegible]，[illegible]，[illegible]，[illegible]，[illegible]。

[illegible]，[illegible]，[illegible]？

[illegible]

[illegible]！

[illegible]，[illegible]，[illegible]。

[illegible]！[illegible]，[illegible]。

[illegible]！

[illegible]，[illegible]，[illegible]。

[illegible]！[illegible]，[illegible]。

[illegible]！

[illegible]，[illegible]；[illegible]，[illegible]。

[illegible]，[illegible]；[illegible]，[illegible]。

[illegible]！[illegible]，[illegible]？

[illegible]

[illegible]！[illegible]，[illegible]。

[illegible]，[illegible]，[illegible]。

[illegible]，[illegible]！[illegible]，[illegible]。

[illegible]。[illegible]，[illegible]，[illegible]，[illegible]，[illegible]。

[illegible]！[illegible]，[illegible]！[illegible]，[illegible]。

[illegible]

[illegible]，[illegible]，[illegible]

[illegible]

[illegible]

[illegible]

[illegible]

[illegible]

[illegible]

[illegible]

[illegible]

[illegible]

[illegible]

[illegible]

[illegible]

[illegible]

[illegible]

[illegible]

[illegible]

[illegible]

[illegible]

[illegible]

[illegible]

[illegible]

[illegible]

[illegible]

[illegible]

[illegible]

[illegible]

[illegible]

[illegible]

[illegible]

[illegible]

[illegible]

[illegible]

[illegible]

[illegible]

[illegible]

[illegible]

[illegible]，[illegible]，[illegible]。

[illegible]，[illegible]！[illegible]，[illegible]，[illegible]，[illegible]，[illegible]，[illegible]，[illegible]，[illegible]。

[illegible]，[illegible]！[illegible]，[illegible]，[illegible]。

[illegible]，[illegible]，[illegible]。

[illegible]，[illegible]，[illegible]。

[illegible]！[illegible]，[illegible]。[illegible]，[illegible]。

[illegible]

[illegible]，[illegible]！[illegible]。

[illegible]，[illegible]，[illegible]，[illegible]，[illegible]。

[illegible]，[illegible]，[illegible]；[illegible]，[illegible]，[illegible]，[illegible]。

[illegible]，[illegible]，[illegible]，[illegible]，[illegible]，[illegible]。

[illegible]，[illegible]！[illegible]，[illegible]，[illegible]。

[illegible]

[illegible]，
[illegible]，
[illegible]，
[illegible]，
[illegible]，
[illegible]。
[illegible]，

[illegible]，
[illegible]，
[illegible]，
[illegible]，
[illegible]。

[illegible]

[illegible]！[illegible]，[illegible]。
[illegible]！
[illegible]！
[illegible]！
[illegible]！
[illegible]！
[illegible]！
[illegible]！
[illegible]！
[illegible]，
[illegible]，
[illegible]。

[illegible]，[illegible]，[illegible]。

[illegible]，[illegible]，[illegible]，[illegible]，[illegible]，[illegible]。[illegible]，[illegible]。

[illegible]，[illegible]，[illegible]，[illegible]，[illegible]。

[illegible]

[illegible]！[illegible]，[illegible]。[illegible]

[illegible]

[illegible]，[illegible]，[illegible]，[illegible]。

[illegible]

[illegible]！[illegible]。

[illegible]！[illegible]，[illegible]。[illegible]，[illegible]，[illegible]，[illegible]，[illegible]。

[illegible]！[illegible]。[illegible]，[illegible]，[illegible]。[illegible]，[illegible]。[illegible]、[illegible]、[illegible]，[illegible]。

[illegible]，[illegible]？

[illegible]！[illegible]？

[illegible]！[illegible]，[illegible]，[illegible]。[illegible]，[illegible]，[illegible]，[illegible]，[illegible]。[illegible]，[illegible]。

[illegible]！[illegible]，[illegible]，[illegible]，[illegible]，[illegible]。[illegible]，[illegible]。

[illegible]！[illegible]。

[illegible]

[illegible]，[illegible]。[illegible]，[illegible]。

[illegible]，[illegible]。

[illegible]，[illegible]，[illegible]。[illegible]，[illegible]。[illegible]，[illegible]

[illegible]

[illegible]

[illegible]

[illegible]

[illegible]

[illegible]

[illegible]

[illegible]

[illegible]

[illegible]

[illegible]

[illegible]

[illegible]

[illegible]

[illegible]

[illegible]

[illegible]

[illegible]

[illegible]

[illegible]

[illegible]

[illegible]

[illegible]

[illegible]

[illegible]

[illegible]

[illegible]

[illegible]

[illegible]

[illegible]

[illegible]

[illegible]

[illegible]

[illegible]

[illegible]

[illegible]

[illegible]

[illegible]

[illegible]

[illegible]

[illegible]

[illegible]

[illegible]

ꑍꊰ

[illegible]

[illegible]

[illegible]

[illegible]

ꑍꊰꋍ

[illegible]

[illegible]

[illegible]

[illegible]

[illegible]

[illegible]

[illegible]

[illegible]

[illegible]

[illegible]

[illegible]

[illegible]

[illegible]

[illegible]

[illegible]

[illegible]

[illegible]

[illegible]

[illegible]

[illegible]

[illegible]

[illegible]

[illegible]

[illegible]

[illegible]

[illegible]

[illegible]

[illegible]

[illegible]

[illegible]

[illegible]

[illegible]

[illegible]

[illegible]

——[illegible]

[illegible]，
[illegible]，
[illegible]，
[illegible]，
[illegible]，
[illegible]。
[illegible]，
[illegible]！

[illegible]，
[illegible]，
[illegible]。
[illegible]，
[illegible]，
[illegible]，
[illegible]。
[illegible]，
[illegible]，

[illegible]

[illegible]，
[illegible]，
[illegible]，[illegible]——
[illegible]
[illegible]！
[illegible]
[illegible]，
[illegible]！

ꌕ

[illegible]，
[illegible]，
[illegible]。
[illegible]，
[illegible]，
[illegible]，
[illegible]，
[illegible]。

[illegible]，
[illegible]，
[illegible]。
[illegible]，
[illegible]，
[illegible]
[illegible]！

[illegible]，
[illegible]。

[illegible]

[illegible]，
[illegible]。
[illegible]，
[illegible]。
[illegible]，[illegible]，
[illegible]，
[illegible]，
[illegible]。

[illegible]，
[illegible]。
[illegible]，
[illegible]。
[illegible]，
[illegible]，
[illegible]，
[illegible]，
[illegible]。

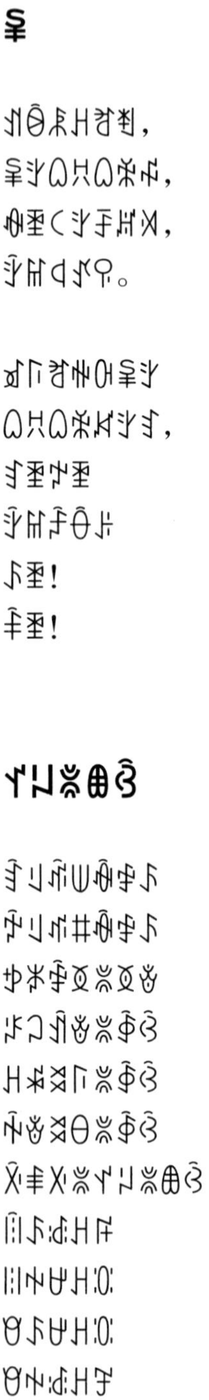

[illegible]

[illegible]
[illegible]
[illegible]
[illegible]
[illegible]
[illegible]
[illegible]
[illegible]
[illegible]

[illegible]

[illegible]
[illegible]
[illegible]
[illegible]
[illegible]
[illegible]
[illegible]
[illegible]
[illegible]
[illegible]
[illegible]
[illegible]

[illegible]

[illegible]

[illegible]

[illegible]

[illegible]

[illegible]（[illegible]）

[illegible]，
[illegible]，
[illegible]，
[illegible]，
[illegible]，
[illegible]，
[illegible]，
[illegible]，
[illegible]，
[illegible]，
[illegible]，
[illegible]。

[illegible]，
[illegible]，
[illegible]，
[illegible]，
[illegible]，
[illegible]，

[illegible]，
[illegible]。
[illegible]，
[illegible]，
[illegible]，
[illegible]，
[illegible]，
[illegible]。

[illegible]

[illegible]，
[illegible]，
[illegible]，
[illegible]，
[illegible]。

[illegible]，
[illegible]，
[illegible]，
[illegible]，
[illegible]。

[illegible]，
[illegible]，
[illegible]，
[illegible]，

[illegible]。

[illegible]

[illegible]，
[illegible]，
[illegible]，
[illegible]，
[illegible]，
[illegible]，
[illegible]。
[illegible]，
[illegible]，
[illegible]，
[illegible]，
[illegible]。
[illegible]，
[illegible]，
[illegible]，
[illegible]。
[illegible]，
[illegible]，
[illegible]，
[illegible]。

[illegible]，
[illegible]，

[illegible]，
[illegible]，
[illegible]，
[illegible]，
[illegible]，
[illegible]，
[illegible]，
[illegible]，
[illegible]。
[illegible]，
[illegible]，
[illegible]，
[illegible]，
[illegible]，
[illegible]，
[illegible]，
[illegible]，
[illegible]，
[illegible]。

[illegible]

[illegible]，
[illegible]。
[illegible]，
[illegible]，
[illegible]，

[illegible]——[illegible]！
[illegible]，
[illegible]？
[illegible]，
[illegible]。

[illegible]，
[illegible]，
[illegible]；
[illegible]，
[illegible]。
[illegible]，
[illegible]，
[illegible]，
[illegible]；
[illegible]，
[illegible]、[illegible]，
[illegible]。

[illegible]，
[illegible]，
[illegible]。
[illegible]，
[illegible]？
[illegible]，
[illegible]。
[illegible]，
[illegible]？

[illegible],
[illegible],
[illegible]。

[illegible]

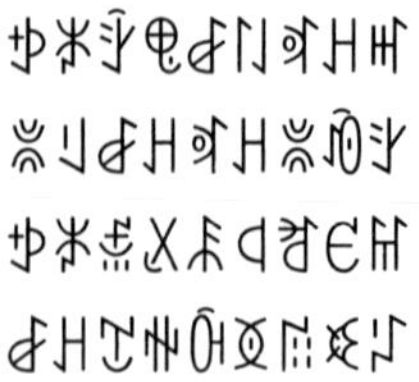

1

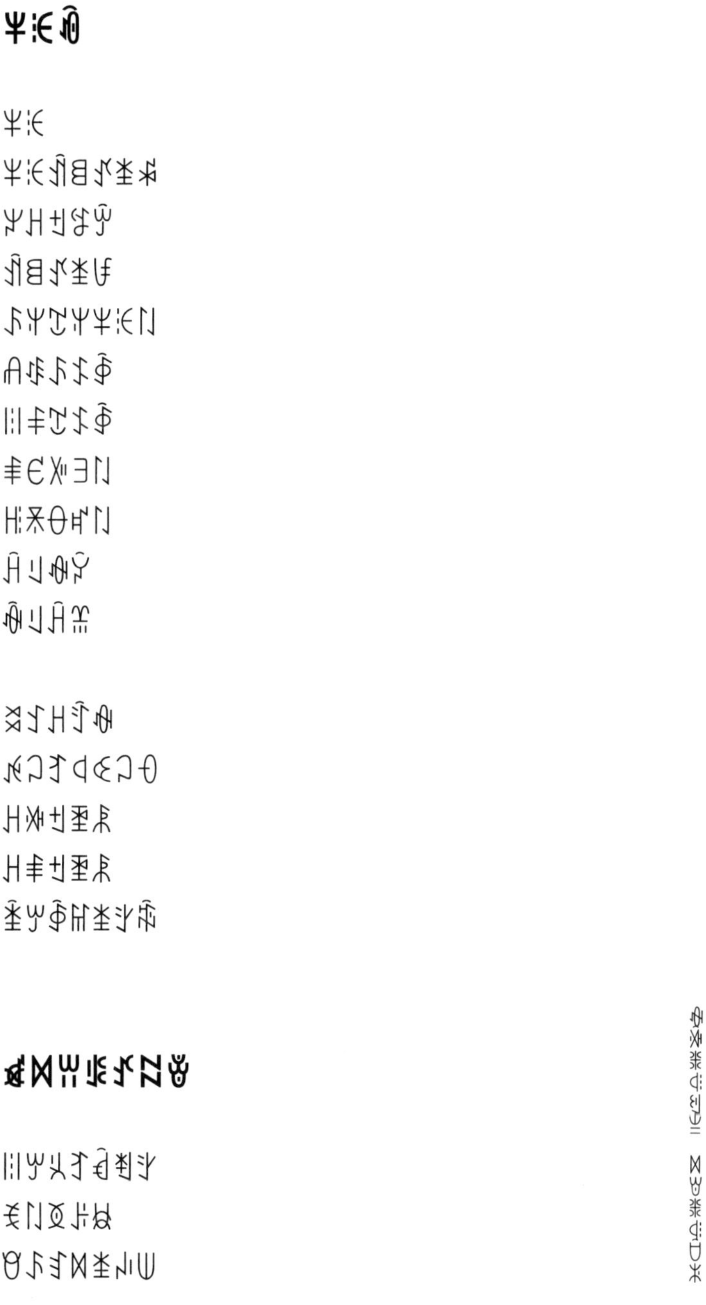

[illegible]

[illegible]
[illegible]

[illegible]

[illegible]
[illegible]
[illegible]
[illegible]
[illegible]
[illegible]
[illegible]
[illegible]

[illegible]
[illegible]
[illegible]
[illegible]
[illegible]
[illegible]
[illegible]
[illegible]
[illegible]
[illegible]
[illegible]

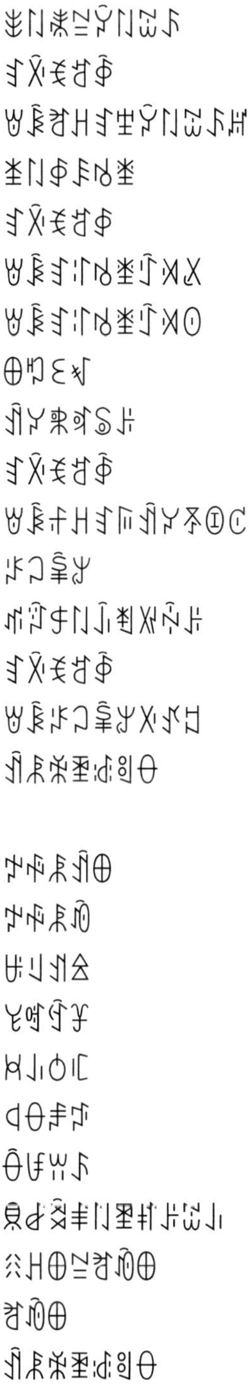

[illegible]
[illegible]
[illegible]
[illegible]
[illegible]
[illegible]
[illegible]

[illegible]

[illegible]
[illegible]
[illegible]
[illegible]
[illegible]
[illegible]
[illegible]
[illegible]
[illegible]
[illegible]
[illegible]
[illegible]

[illegible]
[illegible]

[illegible]
[illegible]

[illegible]
[illegible]
[illegible]
[illegible]
[illegible]
[illegible]
[illegible]
……

[illegible]

[illegible]

[illegible]

[illegible]

[illegible]
[illegible]
[illegible]
[illegible]

[illegible]

[illegible]
[illegible]
[illegible]
[illegible]

[illegible]
[illegible]

[illegible]
[illegible]
[illegible]
[illegible]
[illegible]
[illegible]
[illegible]

[illegible]
[illegible]
[illegible]
[illegible]

[illegible]

[illegible]
[illegible]
[illegible]
[illegible]
[illegible]
[illegible]
[illegible]

[illegible]

[illegible]
[illegible]
[illegible]
[illegible]
[illegible]
[illegible]
[illegible]
[illegible]
[illegible]
[illegible]

[illegible]

[illegible]

[illegible]
[illegible]
[illegible]
[illegible]
[illegible]
[illegible]
[illegible]
[illegible]
[illegible]

[illegible]

[illegible]
[illegible]
[illegible]
[illegible]
[illegible]
[illegible]
[illegible]
[illegible]
[illegible]
[illegible]
[illegible]
[illegible]
[illegible]
[illegible]
[illegible]

[illegible]

[illegible]

——[illegible]——

[illegible],
[illegible],
[illegible],
[illegible]。
[illegible]。
[illegible],
[illegible];
[illegible],
[illegible];
[illegible],
[illegible]。

[illegible],
[illegible],
[illegible],
[illegible],
[illegible],
[illegible],

[illegible]，
[illegible]，
[illegible]，
[illegible]。
[illegible]，
[illegible]；
[illegible]，
[illegible]，
[illegible]。
[illegible]，
[illegible]，
[illegible]，
[illegible]。

[illegible]，
[illegible]，
[illegible]，
[illegible]；
[illegible]，
[illegible]，
[illegible]；
[illegible]，
[illegible]，
[illegible]；
[illegible]，
[illegible]，
[illegible]；
[illegible]，

[illegible]，
[illegible]。

[illegible]，
[illegible]，
[illegible]。
[illegible]，
[illegible]。
[illegible]，
[illegible]。
[illegible]，
[illegible]，
[illegible]，
[illegible]，
[illegible]，
[illegible]，
[illegible]。
[illegible]，
[illegible]，
[illegible]，
[illegible]，
[illegible]，
[illegible]，
[illegible]。

[illegible]，
[illegible]，
[illegible]。

[illegible]，
[illegible]。
[illegible]，
[illegible]。
[illegible]，
[illegible]。
[illegible]，
[illegible]。
[illegible]，
[illegible]。
[illegible]，
[illegible]。
[illegible]，
[illegible]。
[illegible]，
[illegible]。
[illegible]，
[illegible]。
[illegible]，
[illegible]。

[illegible]，
[illegible]，
[illegible]，
[illegible]。
[illegible]，
[illegible]，
[illegible]。

[illegible]，
[illegible]，
[illegible]。
[illegible]，
[illegible]，
[illegible]。
[illegible]，
[illegible]，
[illegible]，
[illegible]，
[illegible]，
[illegible]，
[illegible]，
[illegible]，
[illegible]，
[illegible]
[illegible]，
[illegible]——
[illegible]，
[illegible]——
[illegible]，
[illegible]——
[illegible]！

[illegible]
[illegible]
[illegible]
……
[illegible]
[illegible]
[illegible]
[illegible]
[illegible]
[illegible]
……
[illegible]
[illegible]
[illegible]！[illegible]

[illegible]

[illegible]
（[illegible]
[illegible]
[illegible]……）
[illegible]
[illegible]
[illegible]
[illegible]
[illegible]
[illegible]

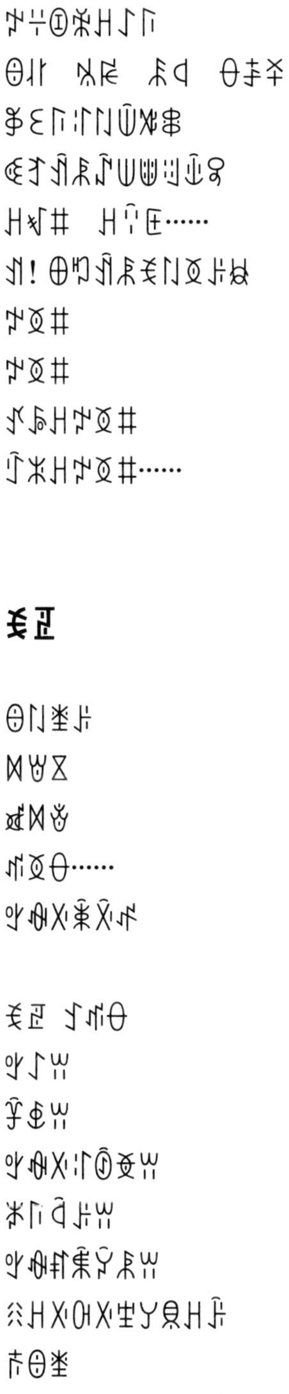

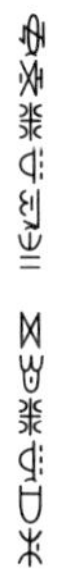

[illegible]

[illegible]

[illegible]

[illegible]

[illegible]

[illegible]

[illegible]

[illegible]

[illegible]

[illegible]

[illegible],
[illegible],
[illegible],
[illegible],
[illegible],
[illegible],
[illegible]。

[illegible],
[illegible],
[illegible],
[illegible],
[illegible]。

[illegible],
[illegible],
[illegible]:
[illegible]?
[illegible]?

[illegible]

2015ꈎ5ꆪ3ꑍ

[illegible]。
[illegible]，
[illegible]，
[illegible]。
[illegible]，
[illegible]，
[illegible]。
[illegible]，
[illegible]，
[illegible]，
[illegible]，
[illegible]，
[illegible]，
[illegible]。
[illegible]，[illegible]，
[illegible]，
[illegible]，
[illegible]，
[illegible]。
[illegible]，
[illegible]，
[illegible]，
[illegible]，
[illegible]。

2015[illegible]4[illegible]29[illegible]

[illegible]

[illegible]，
[illegible]，
[illegible]，
[illegible]，
[illegible]，
[illegible]，
[illegible]，
[illegible]，
[illegible]、
[illegible]。
[illegible]，[illegible]，
[illegible]，[illegible]，
[illegible]，[illegible]。
[illegible]，[illegible]，[illegible]，
[illegible]，[illegible]。
[illegible]，[illegible]？
[illegible]，
[illegible]。
[illegible]，[illegible]。

2014ꈎ4ꆪ28ꑍ

[illegible]

[illegible]，
[illegible]，

“[illegible]”。
[illegible],
[illegible],
[illegible],
[illegible]。
[illegible]:
“[illegible]”。
[illegible],
[illegible]。
[illegible],
[illegible]。
[illegible],[illegible]。
[illegible],
[illegible],
[illegible]!

[illegible]

[illegible]?
[illegible]。
[illegible],[illegible]?
[illegible]?
[illegible]。
[illegible]。
[illegible]!
[illegible]。
[illegible],

[illegible]

[illegible]?
[illegible]。
[illegible]。
[illegible],
[illegible],
[illegible],
[illegible]
[illegible]。
[illegible],
[illegible]?
[illegible],
[illegible]
[illegible]。
[illegible]
[illegible],
[illegible]
[illegible]。
[illegible],[illegible],
[illegible]?
[illegible],
[illegible]
[illegible]
[illegible]。
[illegible],[illegible],
[illegible]。
[illegible],[illegible],
[illegible],
[illegible]。

[illegible]

[illegible]

[illegible]
[illegible]
[illegible]
[illegible]
[illegible]
[illegible]
[illegible]
[illegible]
[illegible]

[illegible]
[illegible]
[illegible]
[illegible]
[illegible]
[illegible]
[illegible]

[illegible]

[illegible]

[illegible]
[illegible]
[illegible]
[illegible]
[illegible]

[illegible]
[illegible]
[illegible]
[illegible]
[illegible]
[illegible]
[illegible]
[illegible]

[illegible]

[illegible]
[illegible]
[illegible]
[illegible]
[illegible]
[illegible]
[illegible]
[illegible]
[illegible]

[illegible], [illegible]
[illegible], [illegible]
[illegible], [illegible]
[illegible]
[illegible], [illegible]
[illegible]
[illegible], [illegible]
[illegible], [illegible]71[illegible]
[illegible], [illegible]
[illegible]

[illegible], [illegible]56[illegible]
[illegible]、[illegible]、[illegible]……[illegible]
[illegible], [illegible]
[illegible]
[illegible]
[illegible]

[illegible], [illegible]71[illegible]
[illegible], [illegible]
[illegible]
[illegible], [illegible]
[illegible]
[illegible]
[illegible]

[illegible]

[illegible]
[illegible]
[illegible]——
[illegible]
[illegible]——
[illegible]
[illegible]
[illegible]
[illegible]
[illegible]
[illegible]
[illegible]
[illegible]、[illegible]
[illegible]
[illegible]，[illegible]
[illegible]
[illegible]——
“[illegible]
[illegible]
[illegible]？”

[illegible]

[illegible]
[illegible]

[illegible]

[illegible]

——[illegible]

[illegible]，
[illegible]；
[illegible]，
[illegible]；
[illegible]，
[illegible]；
[illegible]，[illegible]！

[illegible]，
[illegible]，
[illegible]，
[illegible]；
[illegible]，
[illegible]，
[illegible]；
[illegible]！

[illegible]，

[illegible]，
——[illegible]；
[illegible]，
[illegible]，
——[illegible]；
[illegible]，
[illegible]，
——[illegible]；
[illegible]，
[illegible]，
——[illegible]；
[illegible]
[illegible]
——[illegible]；
[illegible]
……

[illegible]
[illegible]
[illegible]……

[illegible]，
[illegible]。
[illegible]
[illegible]。
[illegible]，
[illegible]。
[illegible]

——[illegible]
——[illegible]
——[illegible]

[illegible]，
[illegible]。
[illegible]：
[illegible]，
[illegible]，
[illegible]。
……
[illegible]，
[illegible]，
[illegible]。
[illegible]，
[illegible]，
[illegible]，
[illegible]。
[illegible]，
[illegible]，
——[illegible]；
[illegible]，
[illegible]；
……

[illegible]，
[illegible]。
……

[illegible]

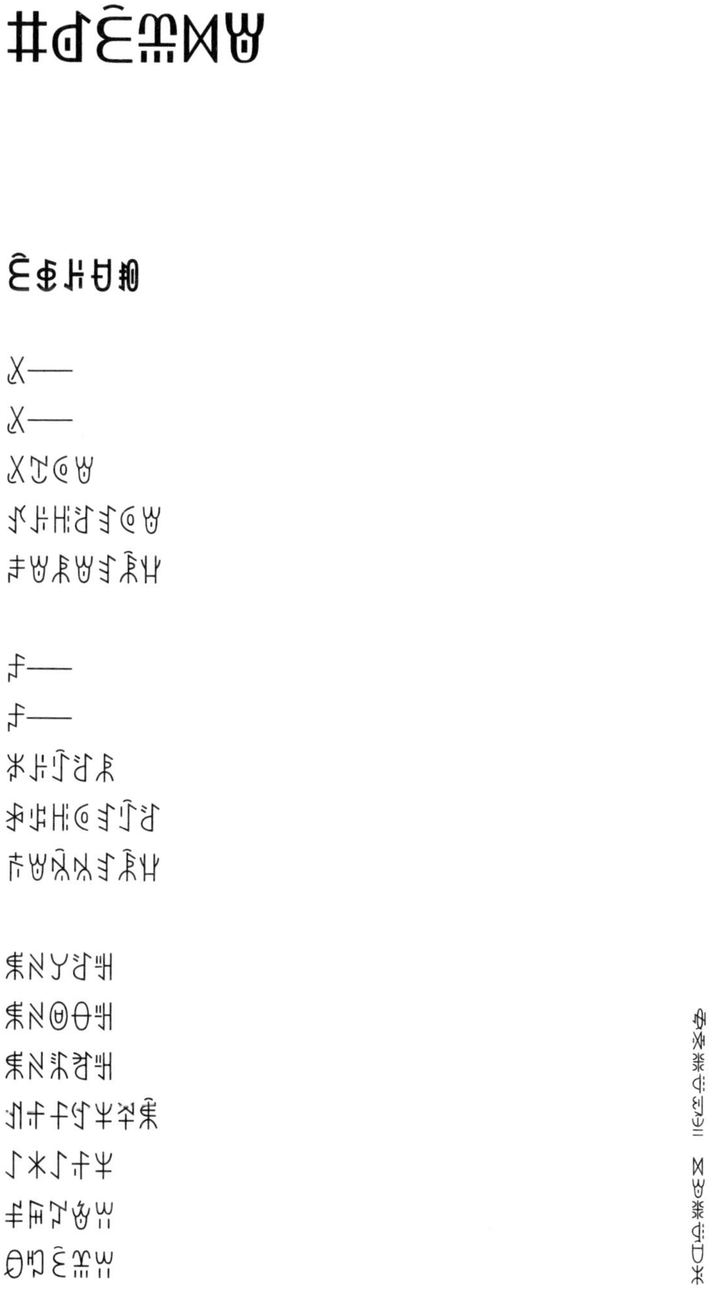

[illegible]

[illegible]

[illegible]

[illegible]
[illegible]
[illegible]

[illegible]——
[illegible]——
[illegible]
[illegible]
[illegible]
[illegible]
[illegible]
[illegible]

2015[illegible]12[illegible]

[illegible]

[illegible]
[illegible]
[illegible]

[illegible]
[illegible]
[illegible]
[illegible]
[illegible]
[illegible]
[illegible]

[illegible]

[illegible]
[illegible]
[illegible]
[illegible]

[illegible]
[illegible]!

[illegible]

[illegible]
[illegible]
[illegible]

[illegible]
[illegible]
[illegible]
[illegible]
[illegible]
[illegible]

[illegible]
[illegible]
[illegible]
[illegible]

[illegible]
[illegible]

[illegible]
[illegible]
[illegible]
[illegible]
[illegible]
[illegible]
[illegible]
[illegible]
[illegible]
[illegible]

2016.7.6

[illegible]

[illegible]——
[illegible]
[illegible]
[illegible]
[illegible]

[illegible]——
[illegible]
[illegible]
[illegible]

[illegible]——
[illegible]
[illegible]
[illegible]
[illegible]——
2016.10.18

[illegible]

[illegible]
[illegible]
[illegible]
[illegible]
[illegible]
“[illegible]” [illegible]!

[illegible]
[illegible]
[illegible]
[illegible]

[illegible]
[illegible]
[illegible]
[illegible]

[illegible]——

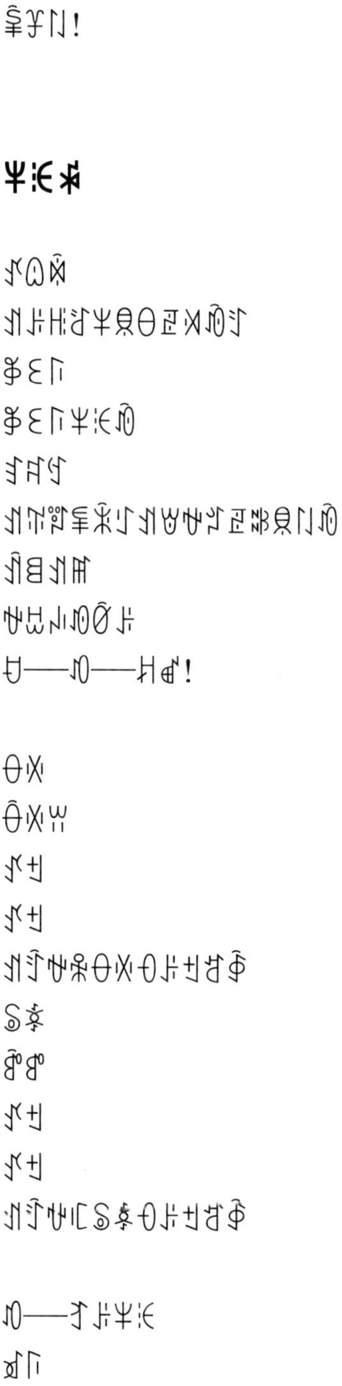

[illegible]
[illegible]！？
[illegible]！
[illegible]
[illegible]？！
[illegible]！

[illegible]

[illegible]
[illegible]，[illegible]
[illegible]……
[illegible]
[illegible]
[illegible]
[illegible]
[illegible]
[illegible]
[illegible]
[illegible]
[illegible]
[illegible]
[illegible]
[illegible]
[illegible]
[illegible]，[illegible]
[illegible]

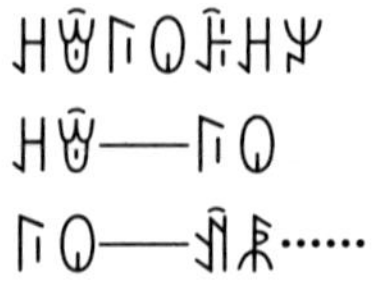

[illegible]
[illegible]……

[illegible]

[illegible]
[illegible]
[illegible]
[illegible]
[illegible]
[illegible]
[illegible]
[illegible]
[illegible]
[illegible]

[illegible]，[illegible]

[illegible]
[illegible]
[illegible]
[illegible]
[illegible]
[illegible]
[illegible]
[illegible]

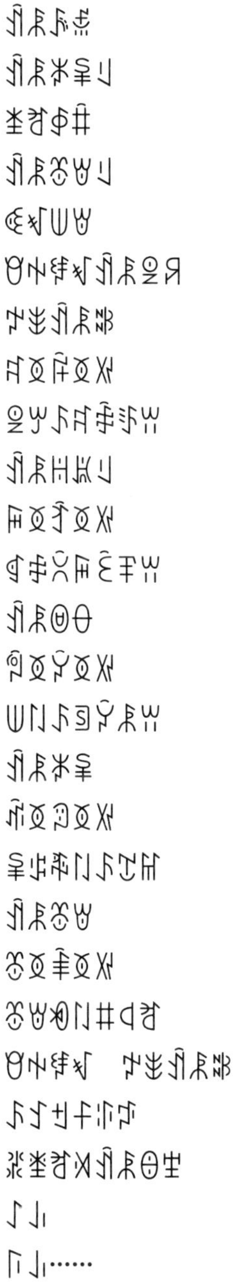

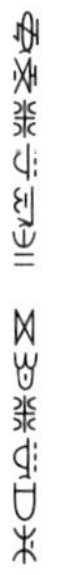

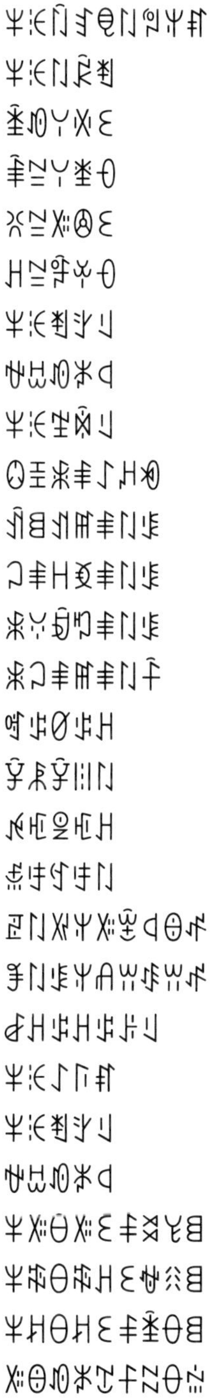

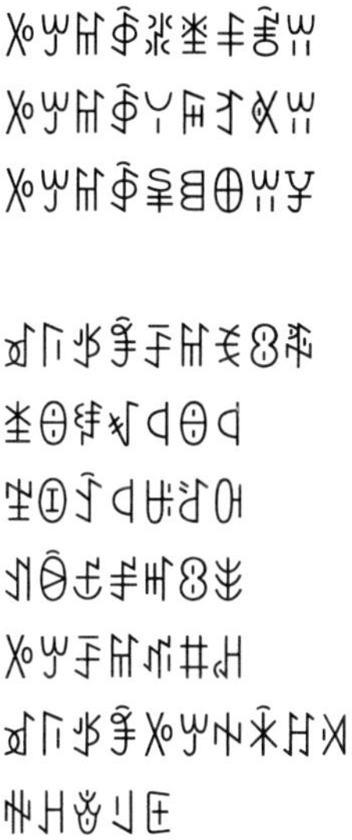

[illegible]

[illegible]

[illegible]
[illegible]
[illegible]
[illegible]——

[illegible]
[illegible]
[illegible]
[illegible]——

[illegible]
[illegible]
[illegible]
[illegible]——

[illegible]
[illegible]
[illegible]
[illegible]——

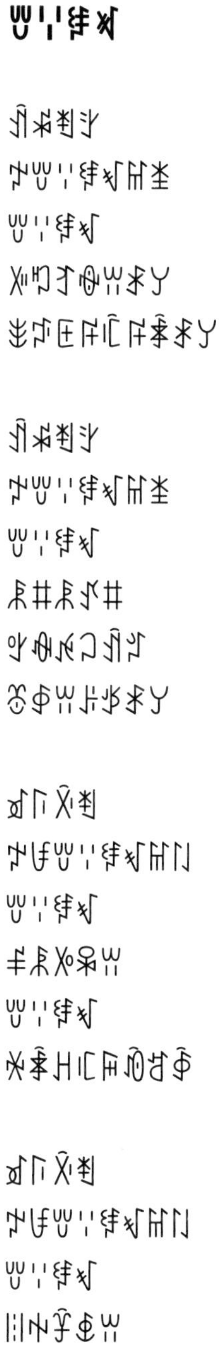

[illegible]

[illegible]

[illegible]

[illegible]

[illegible]

[illegible]

[illegible]

[illegible]

[illegible]
[illegible], [illegible]

[illegible]
[illegible]
[illegible]
[illegible]
[illegible], [illegible]

[illegible]

[illegible]
[illegible]
[illegible]
[illegible]
[illegible]

[illegible]
[illegible]
[illegible]
[illegible]

[illegible]
[illegible]

[illegible]

[illegible]

[illegible]
[illegible]
[illegible]
[illegible]
[illegible]

[illegible]
[illegible]
[illegible]
[illegible]

[illegible]
[illegible]
[illegible]
[illegible]
[illegible]
[illegible]
[illegible]
[illegible]

[illegible]

[illegible]
[illegible]
[illegible]
[illegible]
[illegible]
[illegible]
[illegible]
[illegible]
[illegible]
[illegible]
[illegible]
[illegible]
[illegible]
[illegible]
[illegible]
[illegible]
[illegible]
[illegible]
[illegible]

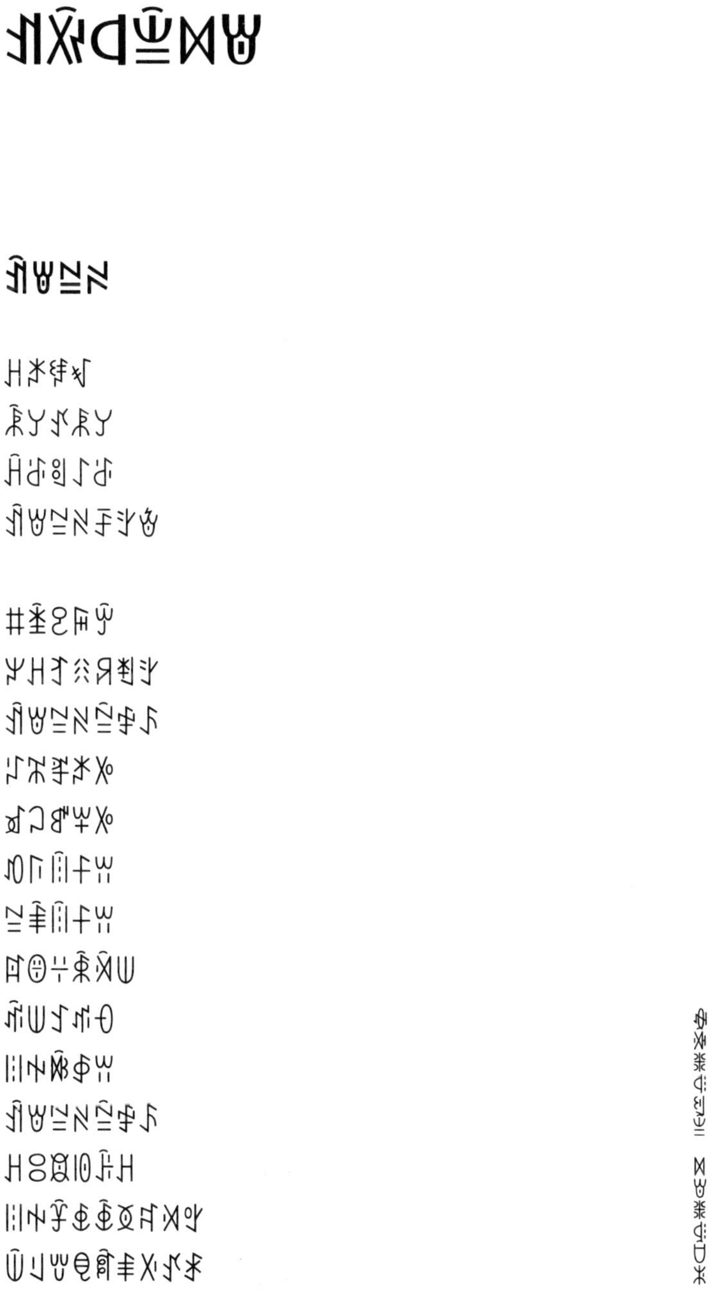

[illegible]
[illegible] ! [illegible]
[illegible]
[illegible]

[illegible] 1952 [illegible]
[illegible]
[illegible]
[illegible]
[illegible]
[illegible]
[illegible]
[illegible]
[illegible]
[illegible]
[illegible]
[illegible]
[illegible]
[illegible]
[illegible]
[illegible]
[illegible]

[illegible]
[illegible]
[illegible]
[illegible]
[illegible]

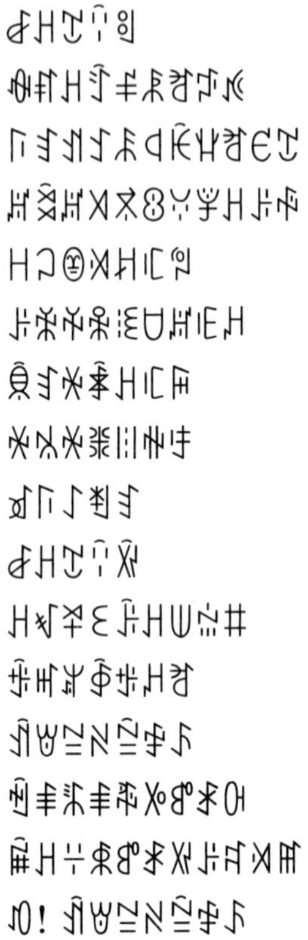

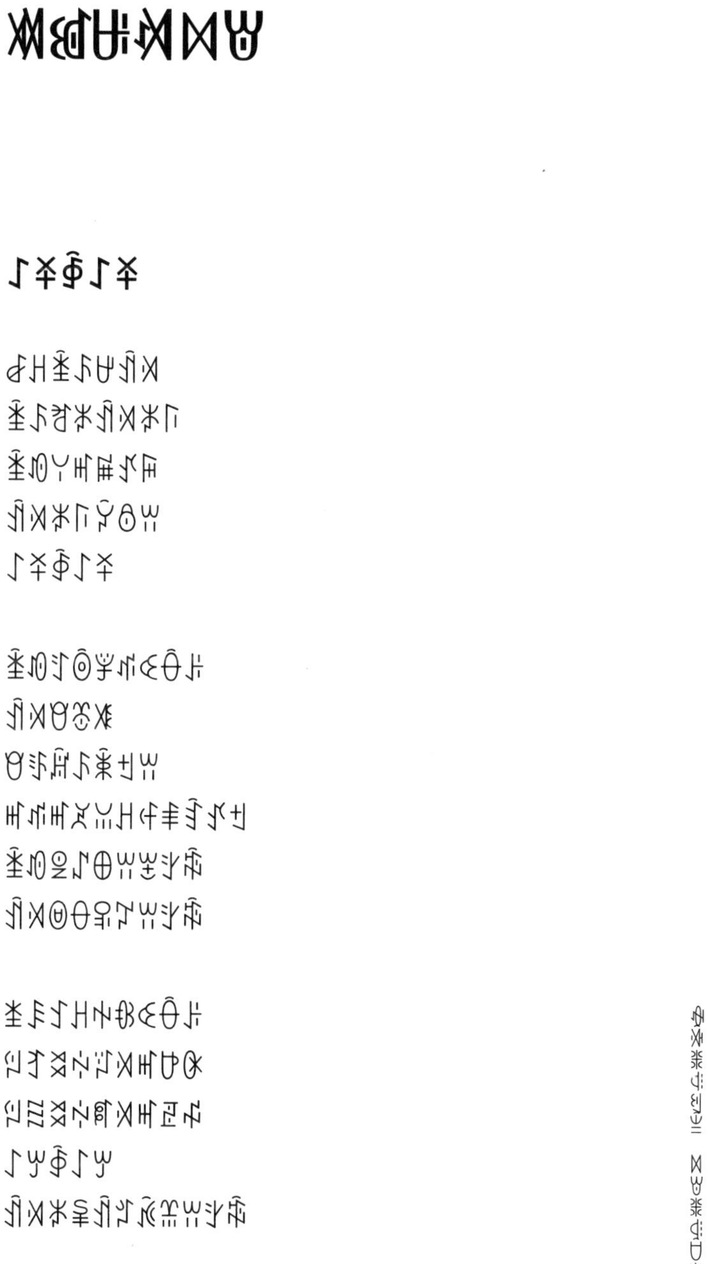

[illegible]
[illegible]
[illegible]
[illegible]

[illegible]
[illegible]
[illegible]
[illegible]
[illegible]

[illegible]
[illegible]
[illegible]
[illegible]

[illegible]
[illegible]
[illegible]

[illegible]
[illegible]
[illegible]
[illegible]

[illegible]

[illegible], [illegible]

[illegible]
[illegible]
[illegible]
[illegible]
[illegible]
[illegible]
[illegible]
……
[illegible]
[illegible]
[illegible]

[illegible], [illegible]
[illegible]
[illegible]
[illegible]
[illegible]
[illegible]
[illegible]

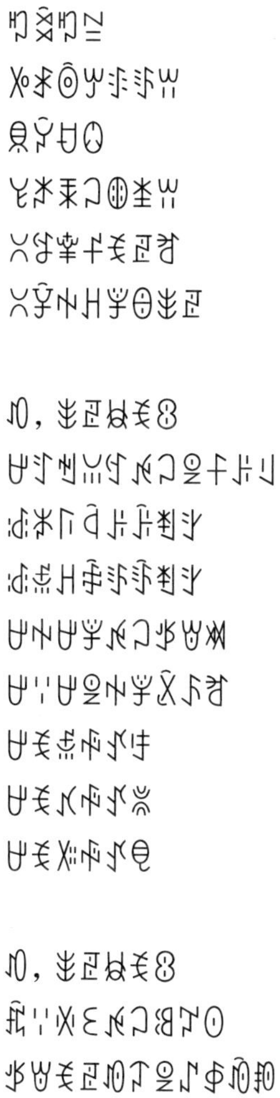

[illegible]
[illegible]
[illegible],
[illegible]
[illegible], [illegible]
[illegible]
[illegible]

[illegible], [illegible]
[illegible]
[illegible], [illegible]
[illegible]
[illegible]
[illegible], [illegible]
[illegible]
[illegible]
[illegible]
[illegible]

[illegible]

[illegible]

[illegible]
[illegible]
[illegible]
[illegible]
[illegible]
[illegible]

[illegible]
[illegible]
[illegible]
[illegible]
[illegible]
[illegible]
[illegible]
[illegible]
[illegible]
[illegible]
[illegible]
[illegible]

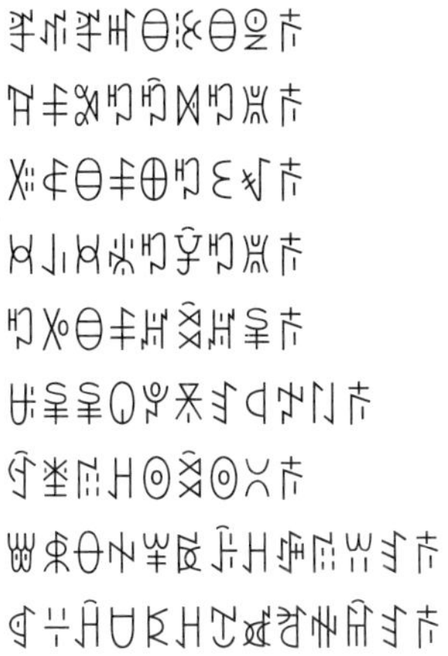

[illegible]

[illegible]

[illegible]

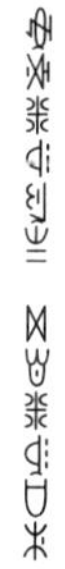

[illegible]

[illegible]

[illegible]

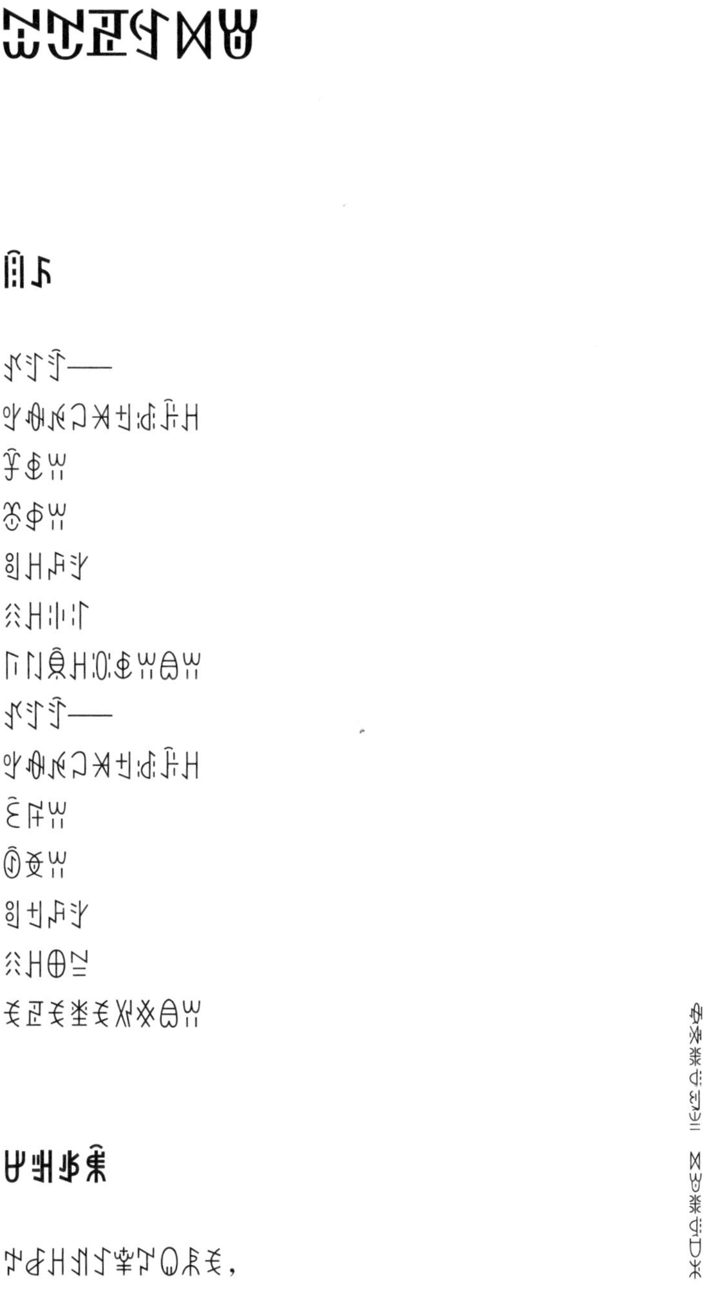

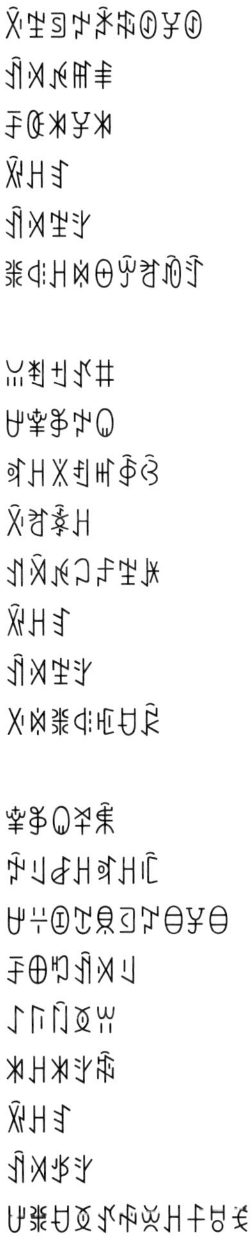

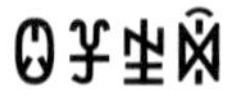

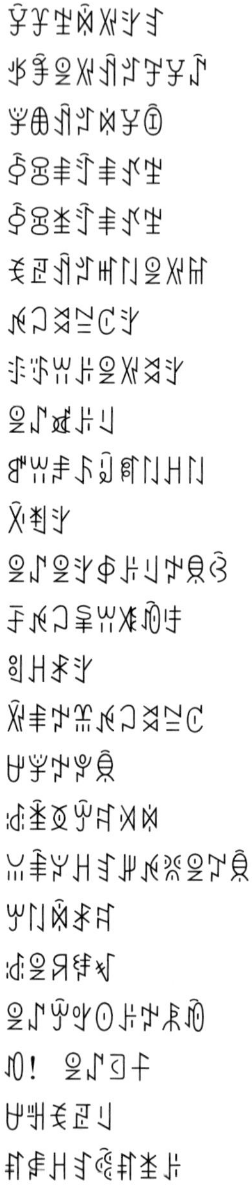

[illegible]

[illegible]，
[illegible]，
[illegible]，
[illegible]。

[illegible]，
[illegible]；
[illegible]；
[illegible]。

[illegible]，
[illegible]；
[illegible]。

[illegible]，
[illegible]，
[illegible]，
[illegible]。

[illegible]，
[illegible]，
[illegible]，
[illegible]。

[illegible]

萌芽似春笋　前路仍漫长

[illegible]

[illegible]

[illegible]

1.

2.

3.

[illegible]　[illegible]

4.

[illegible]

[illegible]

[illegible]

[illegible]

[illegible]

5.

[illegible]

[illegible]

[illegible]

[illegible]　[illegible]

[illegible]　[illegible]

[illegible]　[illegible]

6.

[illegible]

[illegible]

[illegible]　[illegible]

[illegible]　[illegible]

[illegible]

[illegible]

[illegible]

[illegible]　[illegible]

[illegible]　[illegible]

[illegible]

7.

8.

9.

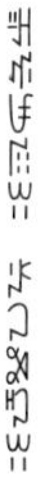

[illegible]
[illegible]
[illegible]
[illegible]
[illegible]

10.

[illegible]
[illegible]
[illegible]
[illegible]
[illegible]
[illegible]
[illegible]
[illegible]
[illegible]
[illegible]
[illegible]
[illegible]

11.

[illegible]
[illegible]
[illegible]
[illegible]
[illegible]
[illegible]
[illegible]

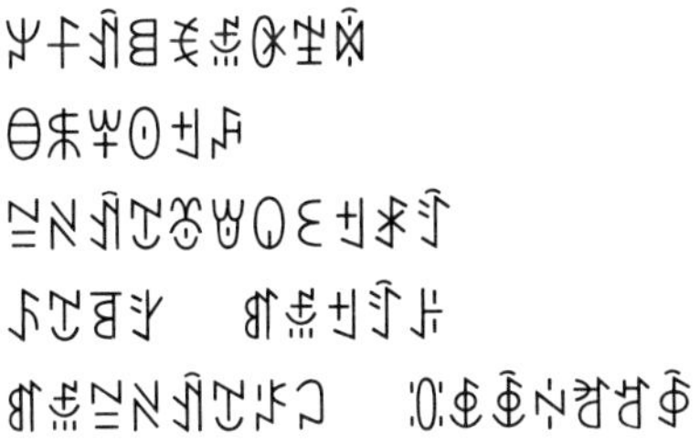

12.

13.

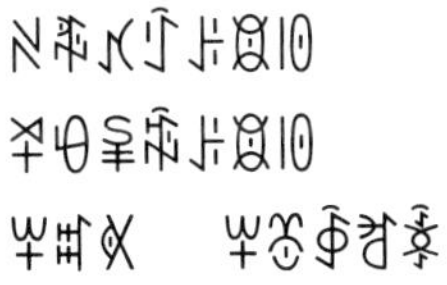

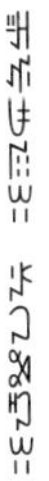

[illegible]
[illegible]
[illegible]
[illegible]
[illegible]
[illegible]
[illegible]

14.

[illegible]
[illegible]
[illegible]
[illegible]
[illegible]
[illegible]
[illegible]
[illegible]

15.

[illegible]
[illegible]
[illegible]
[illegible]
[illegible]
[illegible]
[illegible]
[illegible]
[illegible]

16.

17.

[illegible]
[illegible]——
[illegible]
[illegible]　[illegible]
[illegible]——
[illegible]
[illegible]　[illegible]

18.

[illegible]
[illegible]
[illegible]　[illegible]
[illegible]　[illegible]
[illegible]　[illegible]
[illegible]　[illegible]
[illegible]
[illegible]
[illegible]　[illegible]
[illegible]　[illegible]
[illegible]　[illegible]
[illegible]　[illegible]
[illegible]　[illegible]
《[illegible]》[illegible]　[illegible]
《[illegible]》[illegible]　[illegible]
《[illegible]》[illegible]　[illegible]
《[illegible]》[illegible]　[illegible]
《[illegible]》[illegible]　[illegible]
《[illegible]》[illegible]　[illegible]

19.

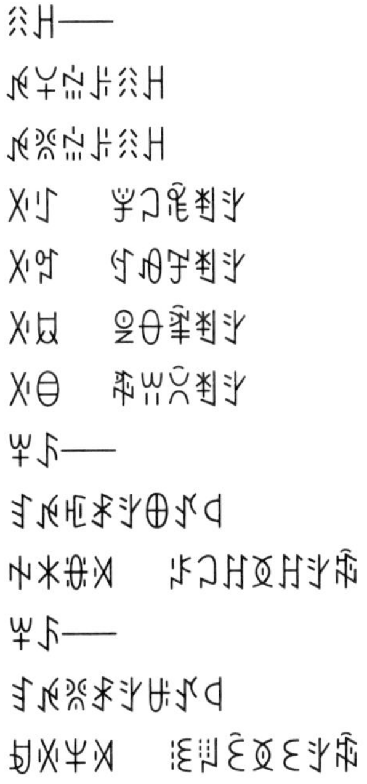

20.

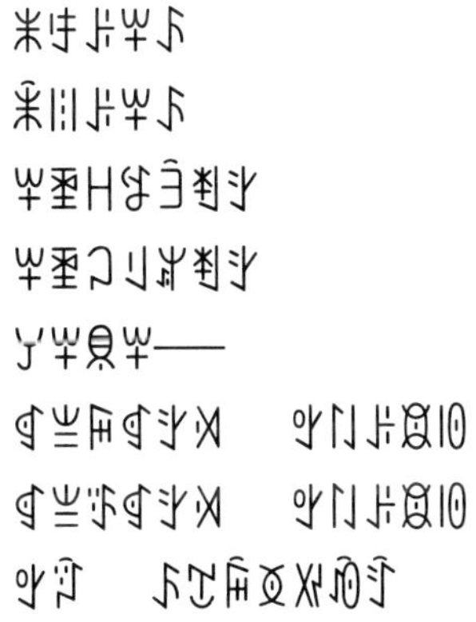

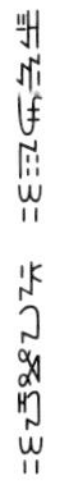

[illegible]
[illegible]
[illegible]
[illegible]
[illegible]
[illegible]
[illegible]
[illegible]

21.

[illegible]
[illegible]
[illegible]
[illegible]
[illegible]
[illegible]
[illegible]
[illegible]
[illegible]
[illegible]
[illegible]
[illegible]
[illegible]

22.

[illegible]
[illegible]
[illegible]

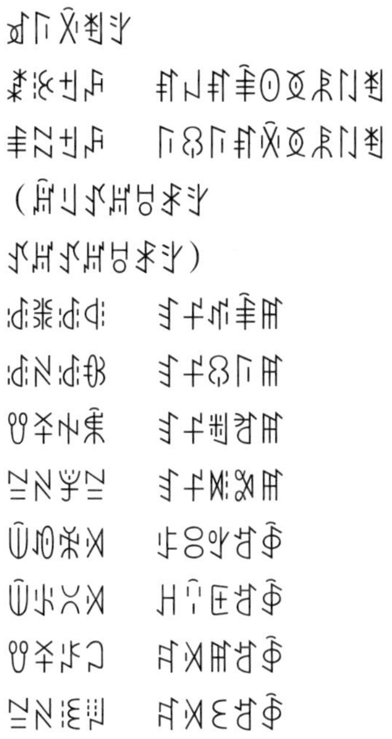

23.

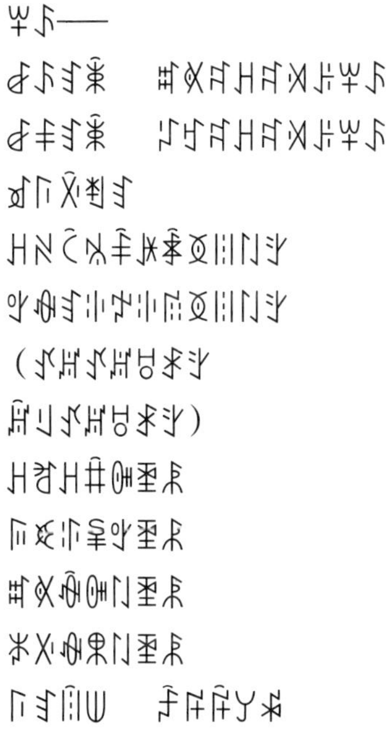

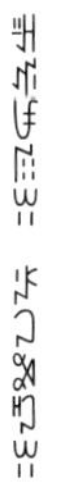

[illegible] [illegible]
[illegible] [illegible]
[illegible]
[illegible]
[illegible] [illegible]
[illegible] [illegible]
[illegible]
[illegible]
[illegible] [illegible]

24.

[illegible]
[illegible]
[illegible]
[illegible]
[illegible] [illegible]
[illegible] [illegible]

25.

[illegible]
[illegible]
[illegible]
[illegible]
[illegible] [illegible]
[illegible] [illegible]

[illegible]，[illegible]

[illegible]

——[illegible]

1.

[illegible]

2.

[illegible]

[illegible]
[illegible]
[illegible]
[illegible]
[illegible]

3.

[illegible]
[illegible]
[illegible]
[illegible]
[illegible]
[illegible]
[illegible]
[illegible]
[illegible]

4.

[illegible]
[illegible]
[illegible]
[illegible]
[illegible]
[illegible]
[illegible]

5.

[illegible]

[illegible]
[illegible]
[illegible]
[illegible]
[illegible]
[illegible]
[illegible]

6.

[illegible]
[illegible]
[illegible]
[illegible]
[illegible]
[illegible]
[illegible]
[illegible]
[illegible]

7.

[illegible]
[illegible]
[illegible]
[illegible]
[illegible]
[illegible]
[illegible]
[illegible]

8.

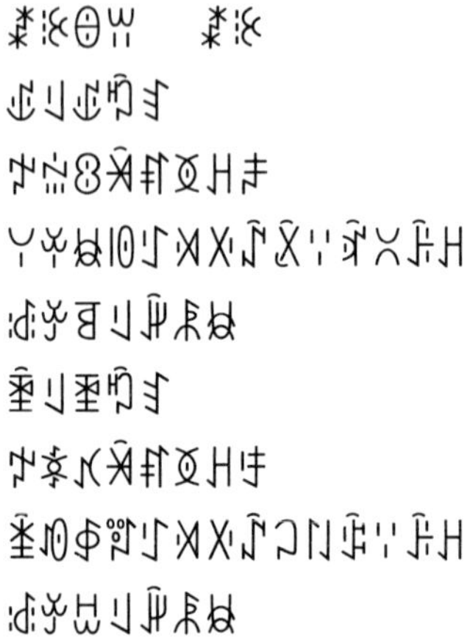

9.

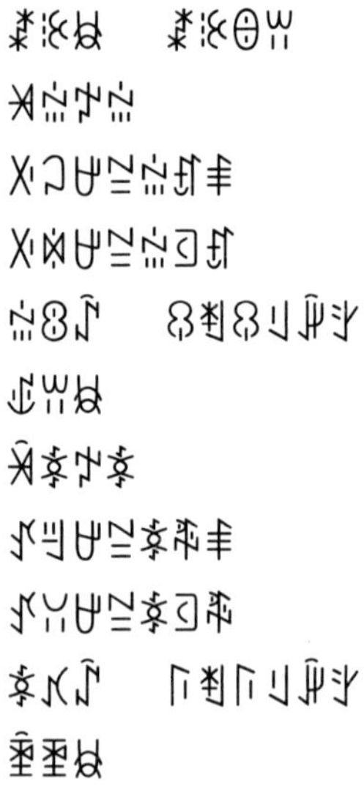

10.

[illegible]
[illegible]
[illegible]
([illegible])
[illegible]
[illegible]
[illegible]
([illegible])

11.

[illegible]
[illegible]
[illegible]
[illegible]
[illegible]
[illegible]
[illegible]
[illegible]
[illegible]

12.

[illegible]
[illegible]
[illegible]
[illegible]
[illegible]
[illegible]
[illegible]

[illegible]

13.

[illegible]
[illegible]
[illegible]
[illegible]
[illegible]

14.

[illegible]
[illegible]
[illegible]
[illegible]
[illegible]
[illegible]
[illegible]

15.

[illegible]
[illegible]
[illegible]
[illegible]
[illegible]
[illegible]
[illegible]

16.

[illegible]
[illegible]
[illegible]
[illegible]
[illegible]
[illegible]

17.

[illegible]
[illegible]
[illegible]
[illegible]
[illegible]
[illegible]
[illegible]
[illegible]

18.

[illegible]
[illegible]
[illegible]
[illegible]
[illegible]
[illegible]
[illegible]
[illegible]
[illegible]

19.

[illegible]
[illegible]
[illegible]
[illegible]
[illegible]
[illegible]

20.

[illegible]
[illegible]
[illegible]
[illegible]
[illegible]
[illegible]
[illegible]
[illegible]

21.

[illegible]
[illegible]
[illegible]

[illegible]

[illegible]

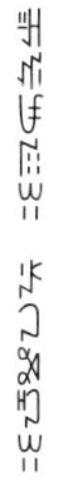

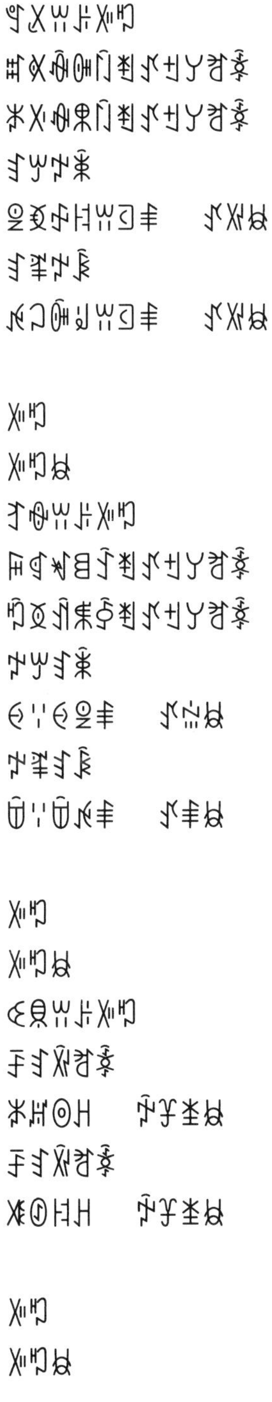

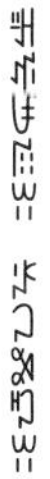

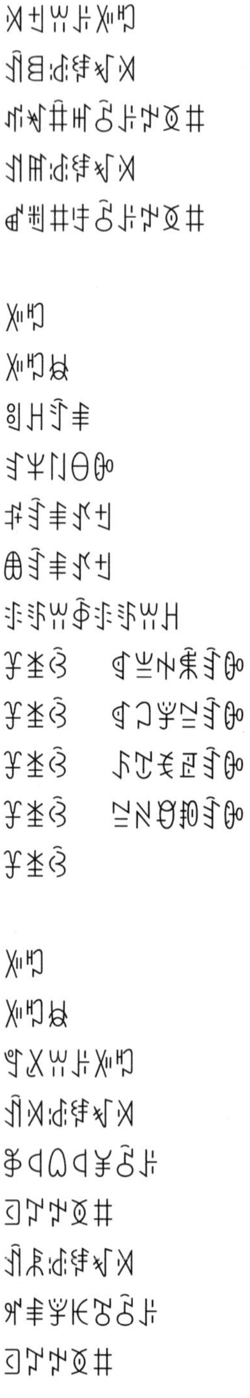

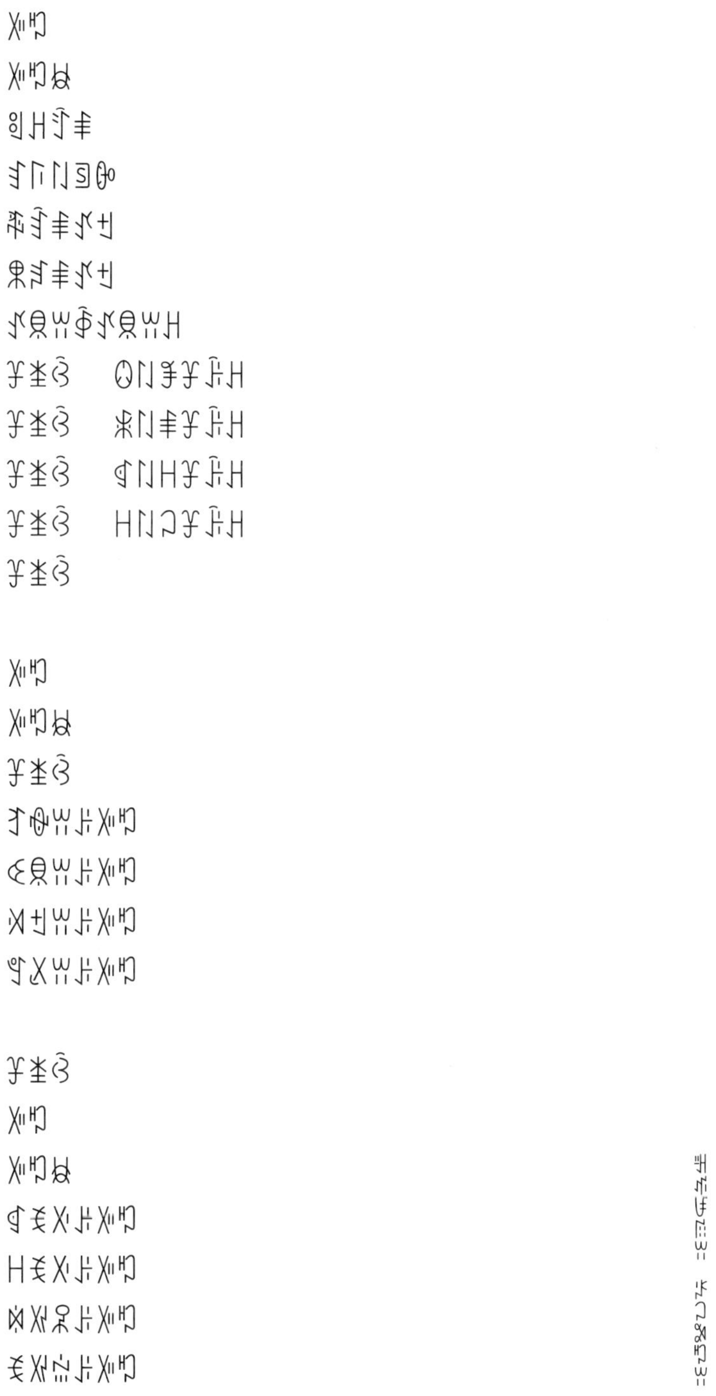

[illegible]

[illegible]

[illegible]
[illegible]
[illegible]
[illegible]
[illegible]

[illegible]
[illegible]
[illegible]

[illegible]

[illegible]
[illegible]
[illegible]

[illegible]

[illegible]
[illegible]
[illegible]

[illegible]
[illegible]
[illegible]

[illegible]
[illegible]
[illegible]

[illegible]

[illegible]
[illegible]

[illegible]
[illegible]
[illegible]
[illegible]

[illegible]

[illegible]
[illegible]
[illegible]
[illegible]
[illegible]
[illegible]

[illegible]
[illegible]
[illegible]

[illegible]

[illegible]

[illegible]

[illegible]

[illegible]

[illegible]

[illegible]

[illegible]（[illegible]）

[illegible]《[illegible]》[illegible]，“[illegible]，[illegible]，[illegible]，[illegible]。”

[illegible]？[illegible]？[illegible]？[illegible]、[illegible]。[illegible]、[illegible]，[illegible]。

[illegible]，[illegible]。

——[illegible]

1

[illegible]，[illegible]
[illegible]
[illegible]

[illegible]，[illegible]
[illegible]
[illegible]，[illegible]
[illegible]

[illegible]
[illegible]

[illegible]
[illegible]
[illegible]
[illegible]
[illegible]

2

[illegible]
[illegible] 1985[illegible]
[illegible]
[illegible]
[illegible]
[illegible]
[illegible]

[illegible]
[illegible]
[illegible]
[illegible]
[illegible]30[illegible]
[illegible]
[illegible]
[illegible]
[illegible]
[illegible]

3

[illegible]
[illegible]
[illegible]
[illegible]
[illegible]

[illegible]
[illegible]
[illegible]
[illegible]
[illegible]
[illegible]

4

[illegible]
[illegible]
[illegible]
[illegible]
[illegible]

[illegible]
[illegible]
[illegible]
[illegible]
[illegible]

[illegible]
[illegible]
[illegible]
[illegible]
[illegible]
[illegible]

[illegible]
[illegible]

5

[illegible]
[illegible]
[illegible]
[illegible]
[illegible]
[illegible]
[illegible]
[illegible]
[illegible]
[illegible]
[illegible]
[illegible]
[illegible]

[illegible]
[illegible]
[illegible]

6

[illegible]

[illegible]
[illegible]
[illegible]
[illegible]
[illegible]
[illegible]
[illegible]
[illegible]

[illegible]
[illegible]
[illegible]
[illegible]
[illegible]

7

[illegible]
[illegible]
[illegible]

[illegible]
[illegible]
[illegible]
[illegible]
[illegible]
[illegible]

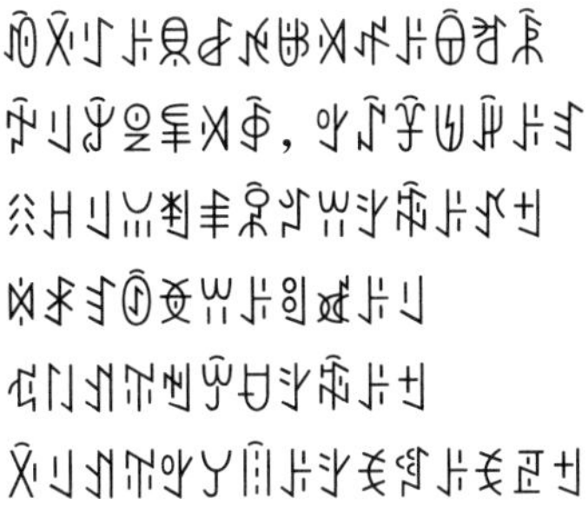

8

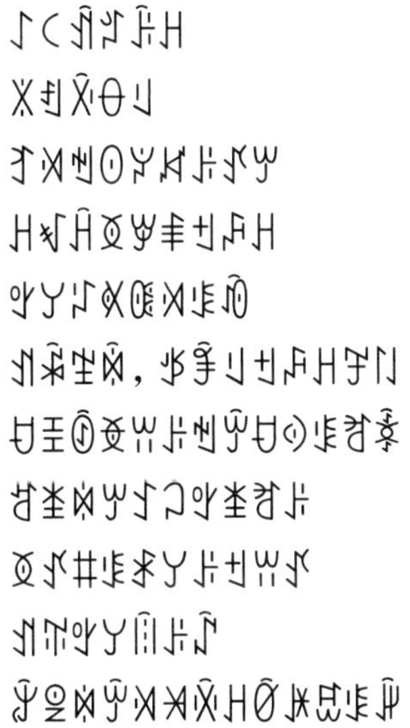

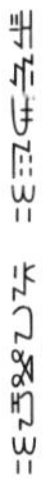

[illegible]
[illegible]

[illegible]
[illegible]
[illegible]
[illegible]
[illegible]
[illegible]

[illegible]
[illegible]
[illegible]
[illegible]
[illegible]

[illegible]
[illegible]
[illegible]
[illegible]
[illegible]
[illegible]

9

[illegible]
[illegible]
[illegible]
[illegible]

10

[illegible]
[illegible]
[illegible]

[illegible]

11

[illegible]
[illegible]
[illegible]
[illegible]

[illegible]
[illegible]
[illegible]
[illegible]
[illegible]
[illegible]
[illegible]
[illegible]

[illegible]
[illegible]
[illegible]
[illegible]
[illegible]
[illegible]
[illegible]

12

13

14

[illegible]
[illegible]
[illegible]

[illegible]
[illegible]
[illegible]
[illegible]

[illegible]
[illegible]
[illegible]
[illegible]

15

[illegible]
[illegible]
[illegible]
[illegible]
[illegible]

[illegible]
[illegible]
[illegible]
[illegible]

[illegible]

[illegible]
[illegible]
[illegible]

16

[illegible]
[illegible]
[illegible]
[illegible]
[illegible]
[illegible]
[illegible]

[illegible]
[illegible]
[illegible]
[illegible]
[illegible]
[illegible]
[illegible]
[illegible]
[illegible]
[illegible]

[illegible]
[illegible]
[illegible]
[illegible]

[illegible]

17

[illegible]

[illegible]

[illegible]

18

[illegible]

[illegible]
[illegible]
[illegible]

19

[illegible]
[illegible]
[illegible]
[illegible]
[illegible]

[illegible]
[illegible]
[illegible]
[illegible]
[illegible]

20

[illegible]
[illegible]

[illegible]
[illegible]
[illegible]

[illegible]

[illegible]

[illegible]

[illegible]

[illegible]

[illegible]

[illegible]

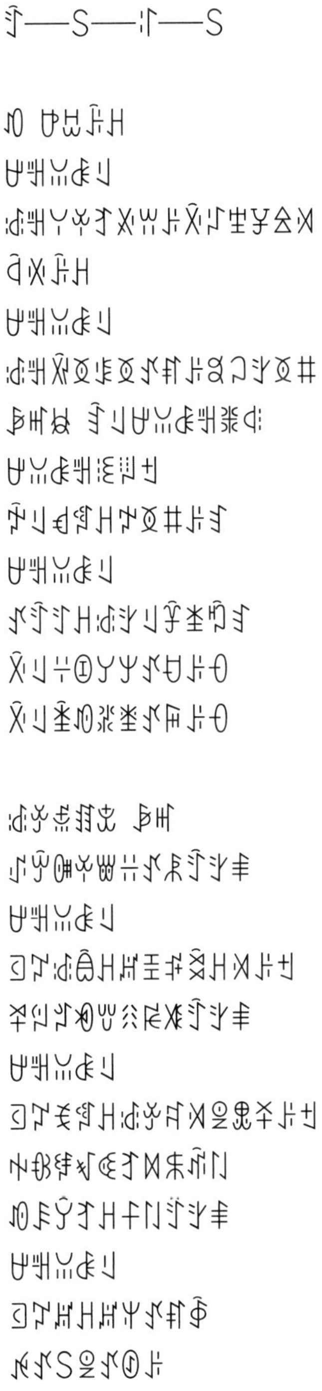

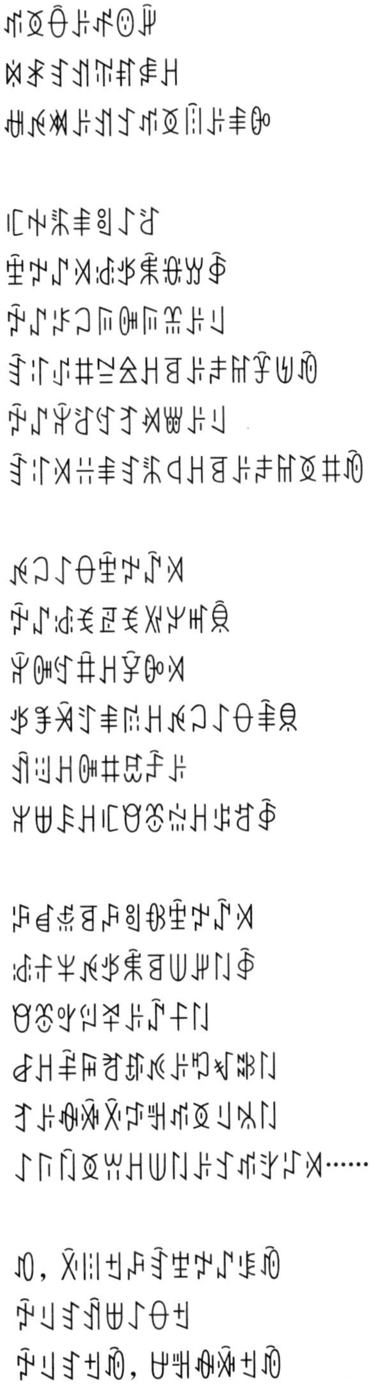

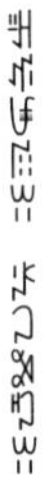

——[illegible]！
——[illegible]！
——[illegible]！

[illegible]
[illegible]
[illegible]，[illegible]
[illegible]
[illegible]
[illegible]
[illegible]——[illegible]……

[illegible]

[illegible]
[illegible]
[illegible]
[illegible]
[illegible]
[illegible]
[illegible]
[illegible]
[illegible]
[illegible]
[illegible]
[illegible]
[illegible]

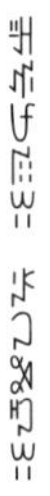

[illegible]21[illegible]

[illegible]

[illegible]

[illegible]

[illegible]

[illegible]

[illegible]

[illegible]

[illegible]

[illegible]

[illegible]——

[illegible]

[illegible]

[illegible]，[illegible]，[illegible]，[illegible]，[illegible]，[illegible]！

——[illegible]

[illegible]《[illegible]》[illegible]

[illegible]

[illegible]

[illegible]

[illegible]

[illegible]

[illegible]

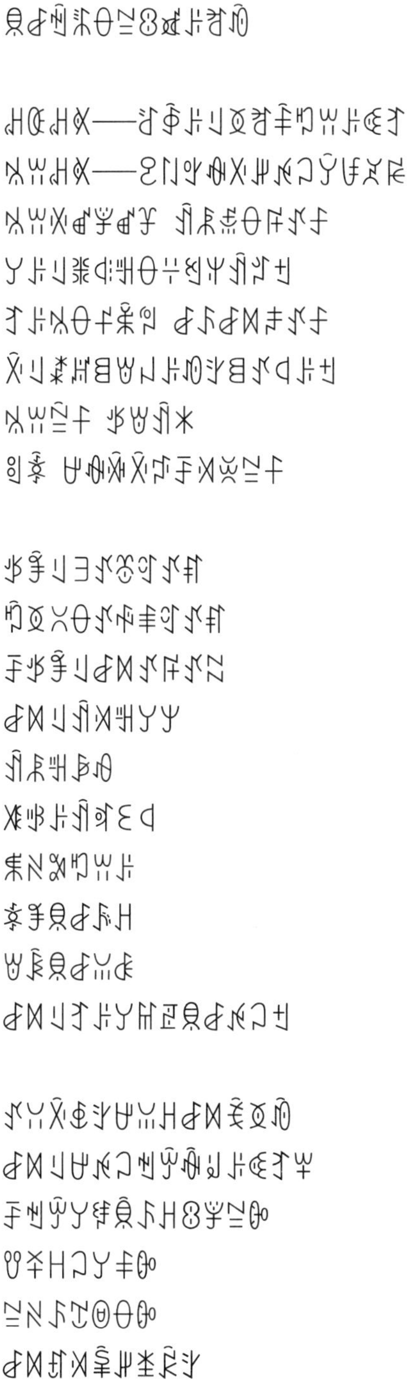

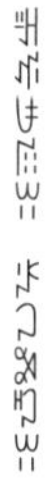

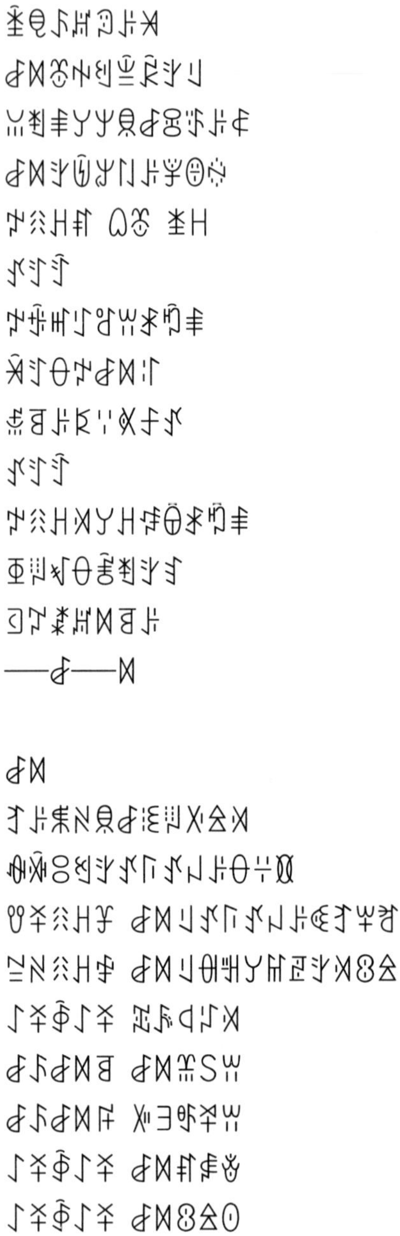

[illegible]
[illegible]
[illegible]
[illegible]

[illegible]
[illegible]
[illegible]
[illegible]
[illegible]

[illegible]
[illegible]
[illegible]
[illegible]
[illegible]
[illegible]
[illegible]
[illegible]

[illegible]

[illegible]
[illegible]
[illegible]
[illegible]
[illegible]

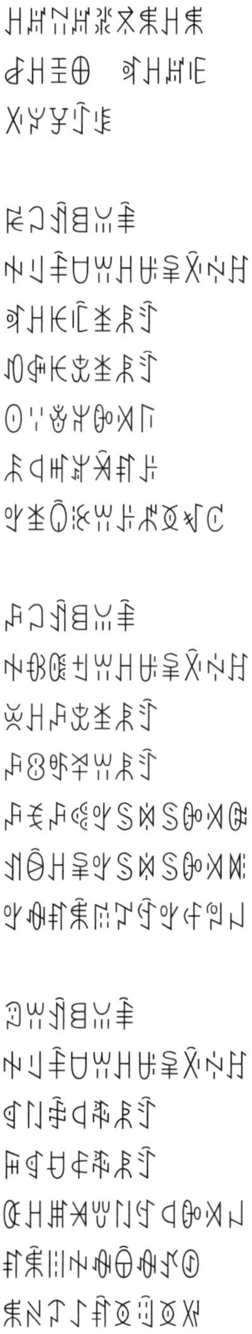

[illegible]
[illegible]
[illegible]
[illegible]
[illegible]
[illegible]
[illegible]
[illegible]
[illegible]
[illegible]
[illegible]
[illegible]

[illegible]

[illegible]
[illegible]
[illegible]
[illegible]
[illegible]
[illegible]
[illegible]
[illegible]

[illegible]
[illegible]
[illegible]

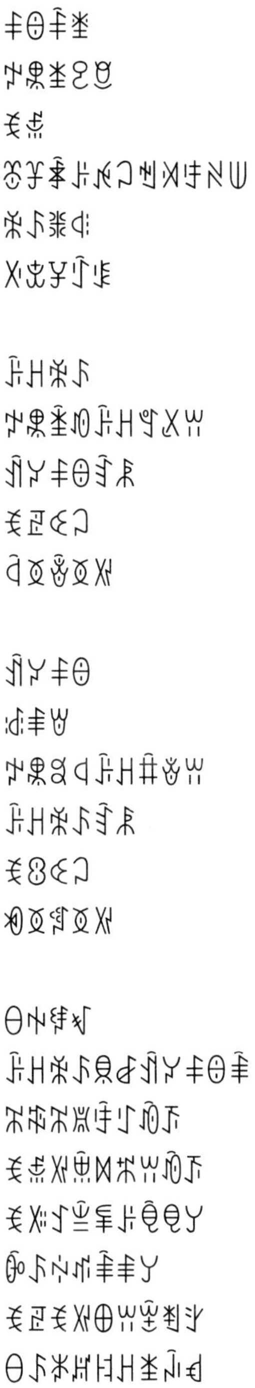

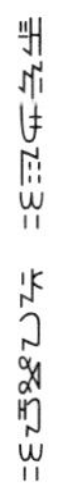

[illegible]

[illegible]

[illegible]

[illegible]

[illegible]

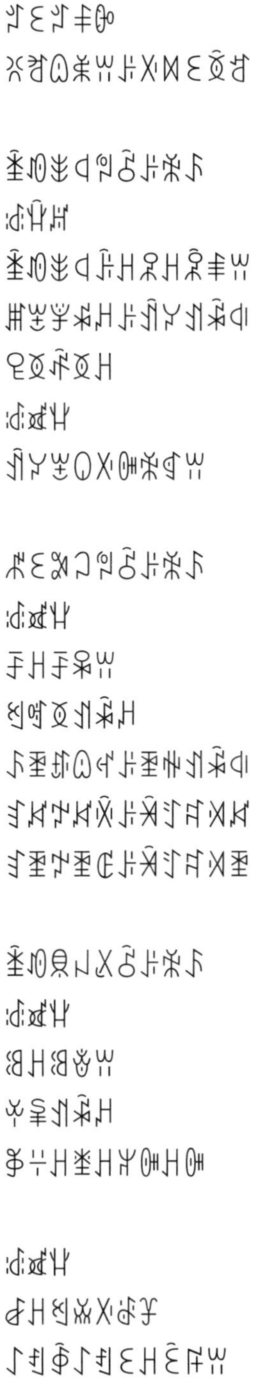

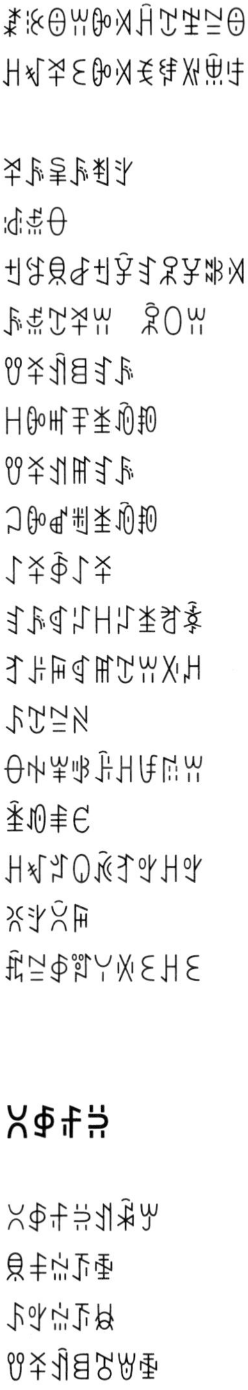

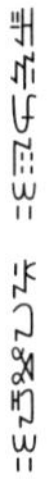

[illegible]

[illegible]
[illegible]
[illegible]
[illegible]
[illegible]
[illegible]
[illegible]
[illegible]
[illegible]
[illegible]
[illegible]
[illegible]
[illegible]
[illegible]
[illegible]
[illegible]
[illegible]

[illegible]
[illegible]
[illegible]
[illegible]
[illegible]
[illegible]
[illegible]
[illegible]
[illegible]
[illegible]

[illegible]
[illegible]
[illegible]
[illegible]
[illegible]

[illegible]

[illegible]
[illegible]
[illegible]
[illegible]
[illegible]
[illegible]
[illegible]
[illegible]
[illegible]
[illegible]
[illegible]
[illegible]

[illegible]
[illegible]
[illegible]
[illegible]
[illegible]
[illegible]

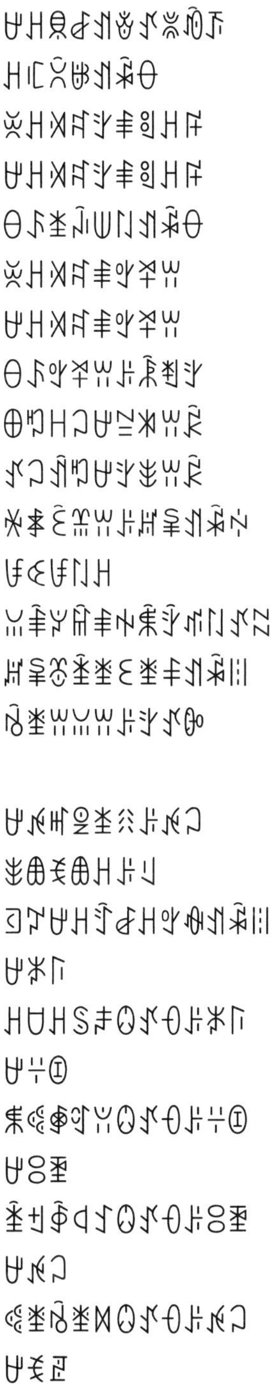

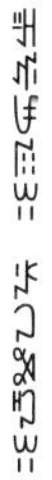

[illegible]

[illegible] · [illegible]

[illegible]，[illegible]，[illegible]。

——[illegible]

[illegible]

[illegible]

[illegible]
[illegible]
[illegible] “[illegible]” [illegible]
“[illegible]” [illegible]
[illegible]
[illegible]
[illegible]
[illegible]

[illegible]
[illegible]
“[illegible]” [illegible]

[illegible]

[illegible]

[illegible]

[illegible]
[illegible]
[illegible]
[illegible]
[illegible]
[illegible]

[illegible]
[illegible]
[illegible]

[illegible]

[illegible]
[illegible]
[illegible]
[illegible]
[illegible]
[illegible]
[illegible]
[illegible]

[illegible]
[illegible]
[illegible]
[illegible]

[illegible]

[illegible]
[illegible]
[illegible]
[illegible]
[illegible]
[illegible]
[illegible]
[illegible]

[illegible]
[illegible]
[illegible]
[illegible]

[illegible]

[illegible]

[illegible]
[illegible]
[illegible]
[illegible]
[illegible]
[illegible]
[illegible]

[illegible]
[illegible]

[illegible]
[illegible]
[illegible]

[illegible]
[illegible]
[illegible]
[illegible]
[illegible]

[illegible]
[illegible]
[illegible]
[illegible]
[illegible]

[illegible]
[illegible]
[illegible]
[illegible]
[illegible]
[illegible]

[illegible]
[illegible]

[illegible]
[illegible]

[illegible]
[illegible]
[illegible]
[illegible]
“[illegible], [illegible]?”
[illegible]
“[illegible]!”
[illegible]

[illegible], [illegible]

[illegible]

[illegible]
[illegible]
[illegible]
[illegible]
[illegible]
[illegible]
[illegible]
[illegible]

[illegible]
[illegible]
[illegible]

[illegible]
[illegible]
[illegible]
[illegible]
[illegible]
[illegible]
[illegible]
[illegible]
[illegible]
[illegible]

[illegible]
[illegible]
[illegible]
[illegible]
[illegible]
[illegible]
[illegible]
[illegible]
[illegible]
[illegible]

[illegible]
[illegible]
[illegible]
[illegible]

[illegible]

[illegible]

[illegible]

[illegible]

[illegible]
[illegible]
[illegible]
[illegible]
[illegible]
[illegible]
[illegible]

[illegible]
[illegible]
[illegible]
[illegible]
[illegible]
[illegible]
[illegible]
[illegible]

[illegible]

[illegible]
[illegible]
[illegible]
[illegible]
[illegible]
[illegible]
[illegible]
[illegible]

[illegible]

[illegible]

[illegible]

[illegible]

22

[illegible]

[illegible]《[illegible]》

[illegible]
[illegible]

[illegible]
[illegible]
[illegible]
[illegible]
[illegible]
[illegible]

[illegible]
[illegible]
[illegible]
“[illegible]
[illegible]”
[illegible]
[illegible]
[illegible]

[illegible]
[illegible]
[illegible]
[illegible]

十

[illegible]、[illegible]
[illegible]
[illegible]

[illegible]
[illegible]
[illegible]
[illegible]
[illegible]
[illegible]

[illegible]
[illegible]
[illegible]
[illegible]

[illegible]
[illegible]
[illegible]
[illegible]
[illegible]
[illegible]

[illegible]
[illegible]
[illegible]
[illegible]
[illegible]

[illegible]
[illegible]
[illegible]

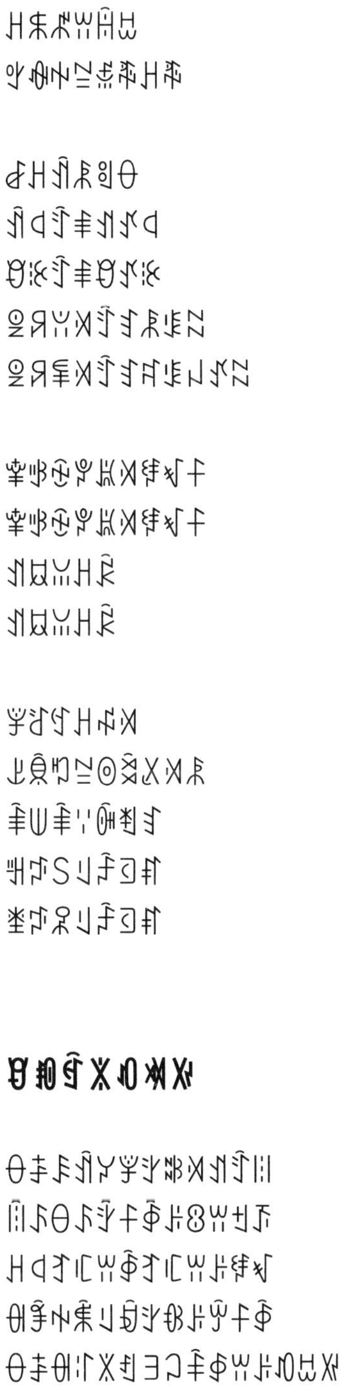

[illegible]

[illegible]weibo[illegible]
140[illegible]
[illegible]
[illegible]
[illegible]

“[illegible]。
[illegible]
[illegible]?”

[illegible]
[illegible]
[illegible]
[illegible]
[illegible]
[illegible]

[illegible]
[illegible]
[illegible]
[illegible]
[illegible]

[illegible]

[illegible]
[illegible]
[illegible]
[illegible]

[illegible]
[illegible]
[illegible]
[illegible]
[illegible]

[illegible]
[illegible]
[illegible]

[illegible]
[illegible]
[illegible]GPRS[illegible]
[illegible]

[illegible]

[illegible]
[illegible]
[illegible]

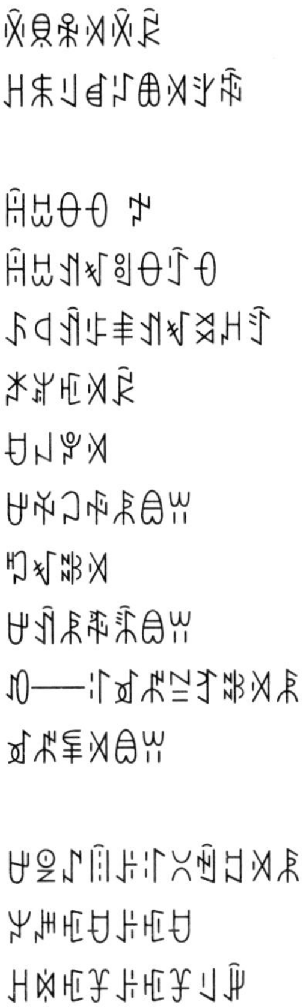

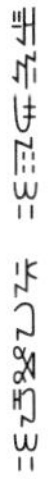

[illegible]

[illegible]

[illegible]

[illegible]
[illegible]
[illegible]
[illegible]
[illegible]
[illegible]
[illegible]
[illegible]
[illegible]
[illegible]
[illegible]
[illegible]
[illegible]
[illegible]
[illegible]
[illegible]

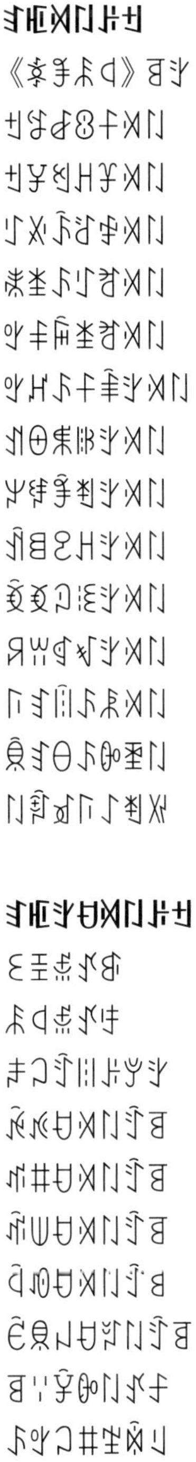

[illegible]
[illegible]
[illegible]
[illegible]
[illegible]

[illegible]

[illegible]
《[illegible]》
《[illegible]》
《[illegible]》
《[illegible]》
《[illegible]》
《[illegible]》
《[illegible]》
《[illegible]》
《[illegible]》
《[illegible]》
[illegible]
[illegible]
[illegible]
[illegible]
[illegible]
[illegible]
[illegible]
[illegible]
[illegible]

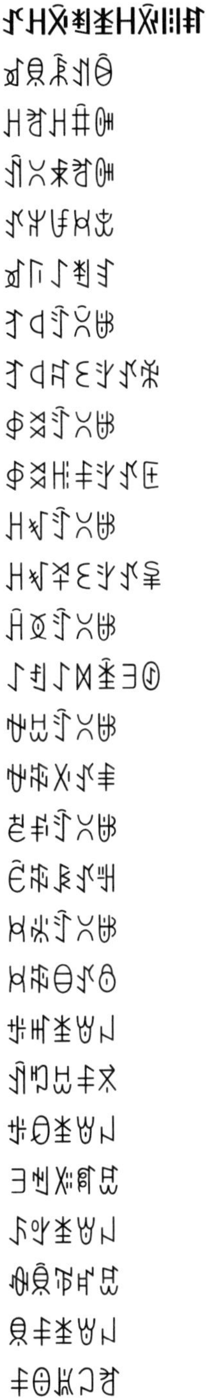

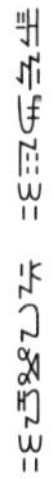

[illegible]

[illegible]

[illegible]

[illegible]
[illegible]
[illegible]
[illegible]

[illegible]

[illegible]
[illegible]
[illegible]
[illegible]
[illegible]
[illegible]
[illegible]
[illegible]
[illegible]
[illegible]
[illegible]
[illegible]
[illegible]
[illegible]
[illegible]

[illegible]

[illegible]
[illegible]
[illegible]
[illegible]
[illegible]

[illegible]

[illegible]

[illegible]
[illegible]
[illegible]
[illegible]
[illegible]
[illegible]

[illegible]
[illegible]
[illegible]
[illegible]
[illegible]

[illegible]
[illegible]
[illegible]
[illegible]
[illegible]

[illegible]

[illegible]

[illegible]

[illegible]

[illegible]
[illegible]
[illegible]

[illegible]

[illegible]
[illegible]
[illegible]

[illegible]

[illegible]
[illegible]
[illegible]

[illegible]

[illegible]
[illegible]
[illegible]

[illegible]
[illegible]

[illegible]

[illegible]
[illegible]
[illegible]

[illegible]

[illegible]
[illegible]
[illegible]

[illegible]

[illegible]
[illegible]
[illegible]
[illegible]

——[illegible]

[illegible]
[illegible]
[illegible]
[illegible]
[illegible]
[illegible]

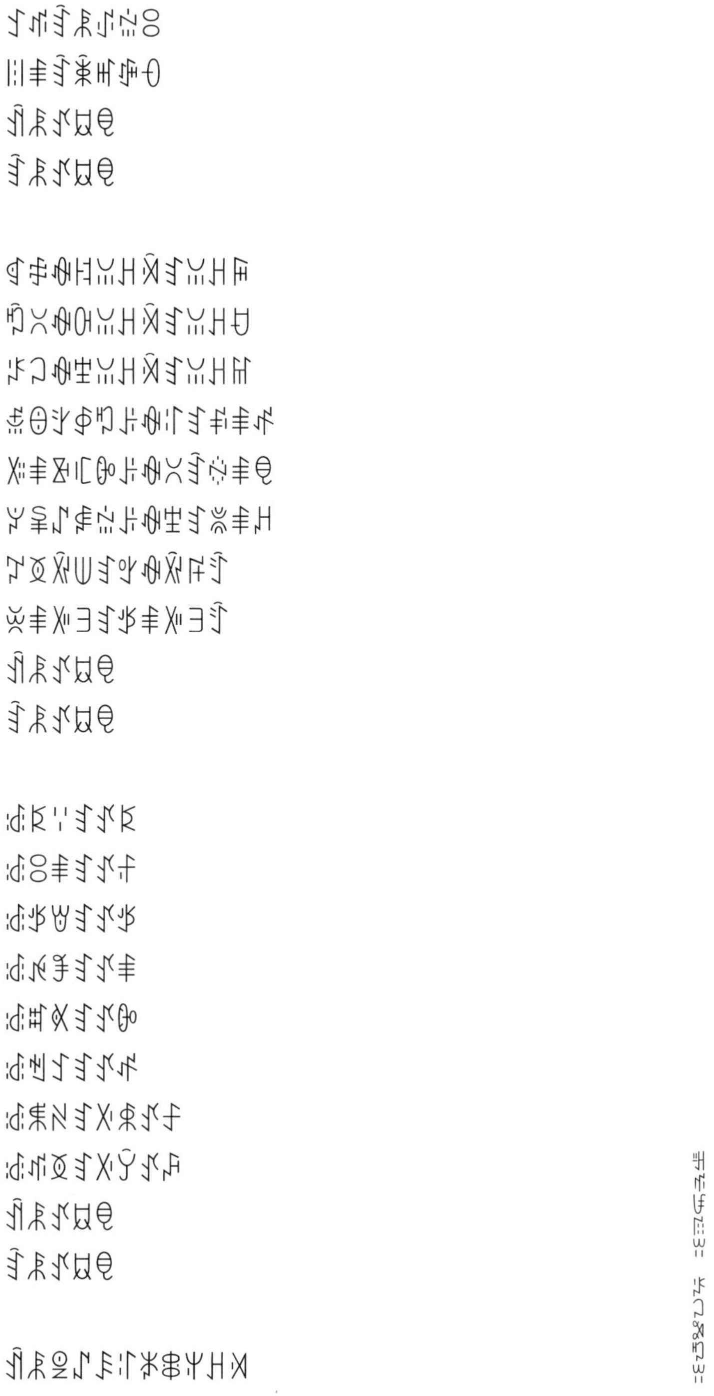

[illegible]

[illegible]

[illegible]

[illegible]

[illegible]

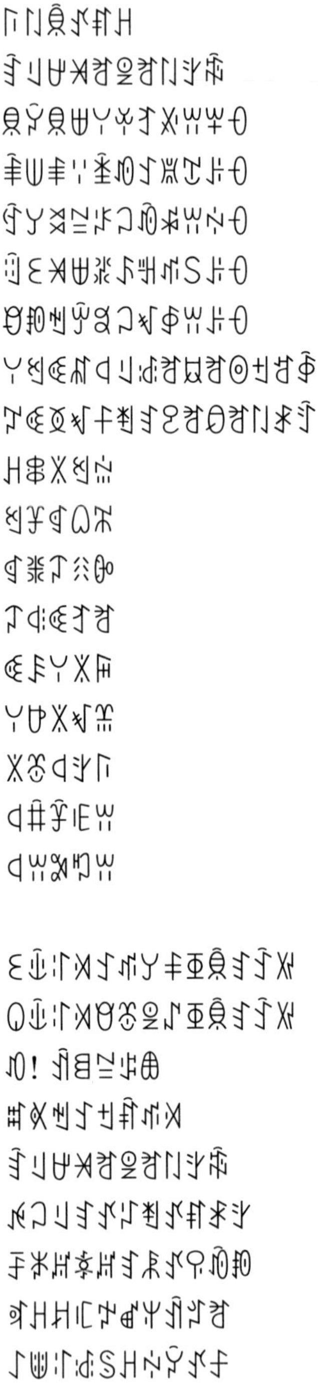

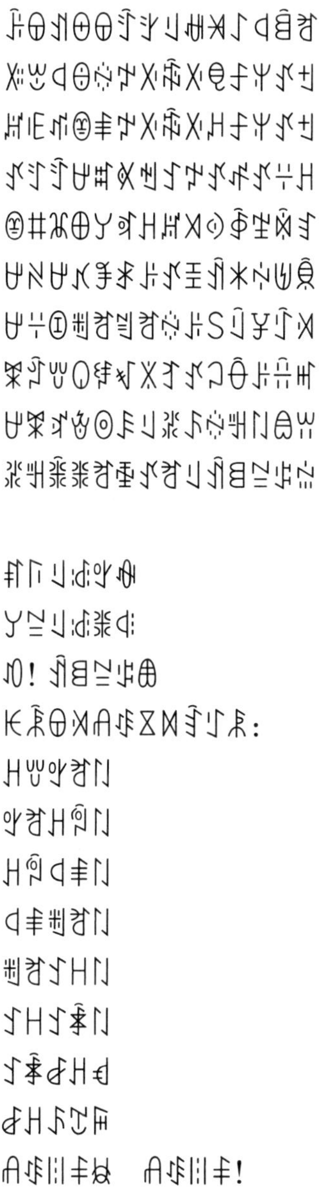

[illegible]

[illegible]

——[illegible]

[illegible]
[illegible]
[illegible]
[illegible]

[illegible]
[illegible]
[illegible]
[illegible]
[illegible]
[illegible]
[illegible]

[illegible]
[illegible]
[illegible]
[illegible]
[illegible]
[illegible]
[illegible]
[illegible]
[illegible]
[illegible]

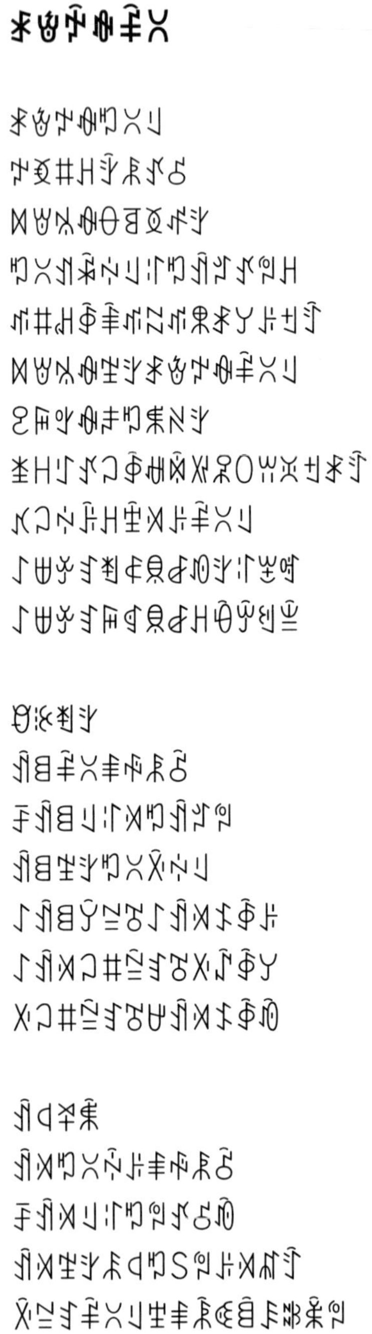

[illegible]

[illegible]

[illegible]：“[illegible]”。

——[illegible]

[illegible]

[illegible]！

[illegible]

[illegible]

[illegible]
[illegible]
[illegible]
[illegible]
[illegible]
[illegible]

——[illegible]

[illegible]

[illegible]
[illegible]
[illegible]
[illegible]
[illegible]
[illegible]
[illegible]
[illegible]
[illegible]
[illegible]

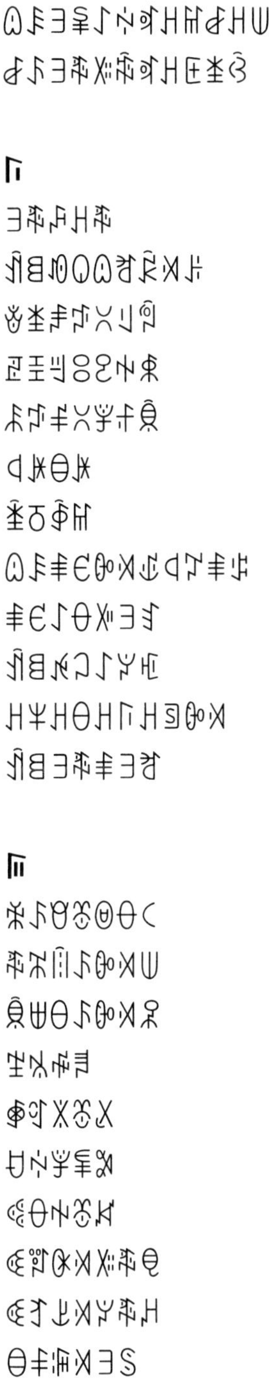

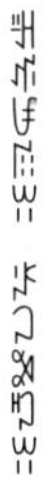

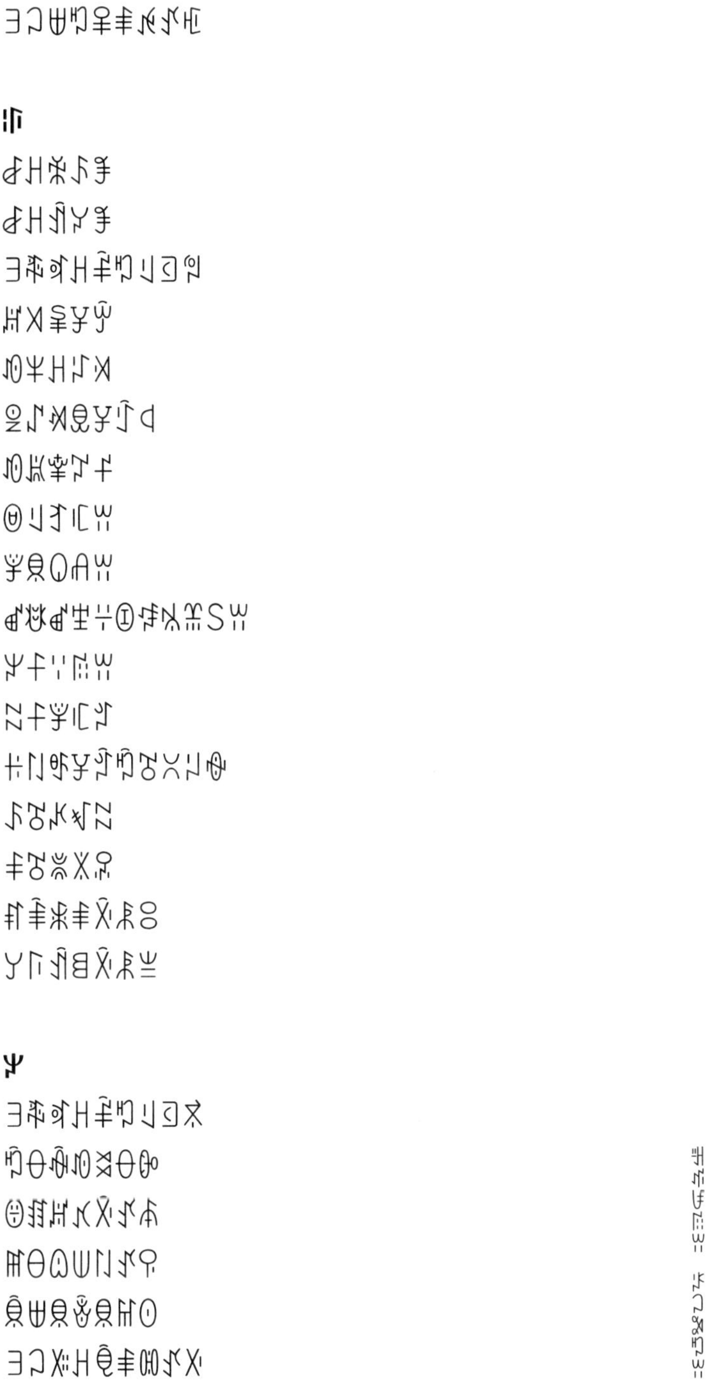

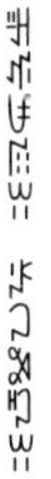

[illegible]
[illegible]
[illegible]
[illegible], [illegible]
[illegible]

[illegible], [illegible]
[illegible]
[illegible]
[illegible]
[illegible]

[illegible]
[illegible]
[illegible]
[illegible]

[illegible]

[illegible]
[illegible]
[illegible]
[illegible]

[illegible]
[illegible]
[illegible]

[illegible]

[illegible]
[illegible]
[illegible]
[illegible]
[illegible]
[illegible]

[illegible]
[illegible]
[illegible]
[illegible]
[illegible]
[illegible]
[illegible]

[illegible]
[illegible]
[illegible]
[illegible]
[illegible]

[illegible]

[illegible]
[illegible]

[illegible]
[illegible]
[illegible]

[illegible]

[illegible]
[illegible]
[illegible]
[illegible]
[illegible]
[illegible]
[illegible]
[illegible]
[illegible]
[illegible]
[illegible]

[illegible]

[illegible]
[illegible]
[illegible]
[illegible]
[illegible]
[illegible]
[illegible]
[illegible]
[illegible]
[illegible]

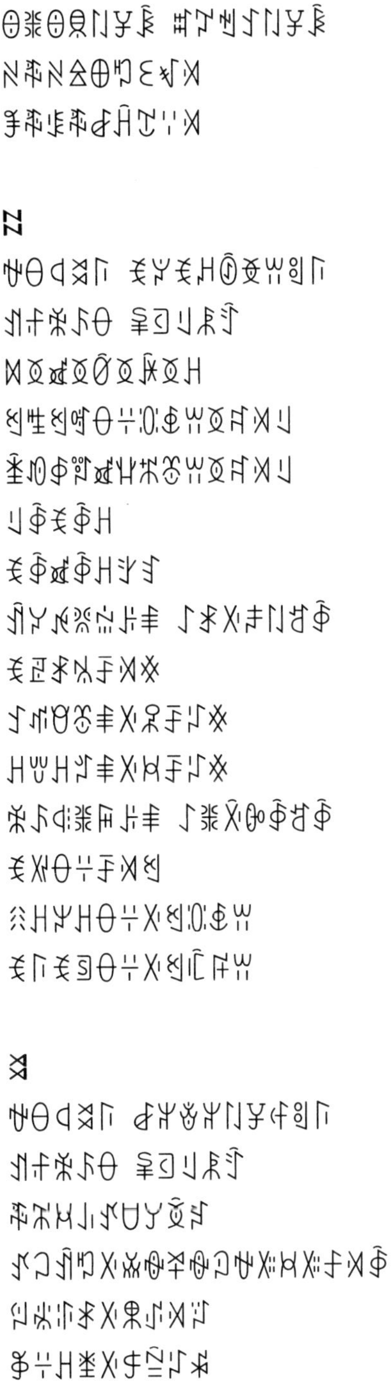

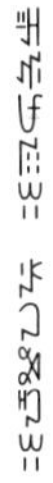

[illegible]

[illegible]
[illegible]
[illegible]
[illegible]

[illegible]
[illegible]
[illegible]
[illegible]
[illegible]
[illegible]
[illegible]
……

[illegible]
[illegible]
[illegible]
[illegible]
[illegible]
[illegible]

[illegible]
[illegible]
[illegible]
[illegible]
……

[illegible]
[illegible]
[illegible]
[illegible]
[illegible]

[illegible]
[illegible]
[illegible]
[illegible]

[illegible]
[illegible]
[illegible]

[illegible]

[illegible]
[illegible]
[illegible]
[illegible]

[illegible]
[illegible]
[illegible]

[illegible]
[illegible]
[illegible]

[illegible]

[illegible]
[illegible]
[illegible]
[illegible]

[illegible]
[illegible]
[illegible]

[illegible]
[illegible]
[illegible]
[illegible]

[illegible]
[illegible]
[illegible]
[illegible]

[illegible]
[illegible]
[illegible]

[illegible]
[illegible]
[illegible]

[illegible]
[illegible]
[illegible]

[illegible]
[illegible]
[illegible]

[illegible]
[illegible]
[illegible]

[illegible]
[illegible]
[illegible]

[illegible]
[illegible]
[illegible]

[illegible]
[illegible]
[illegible]
[illegible]

[illegible] [illegible]
[illegible] [illegible]

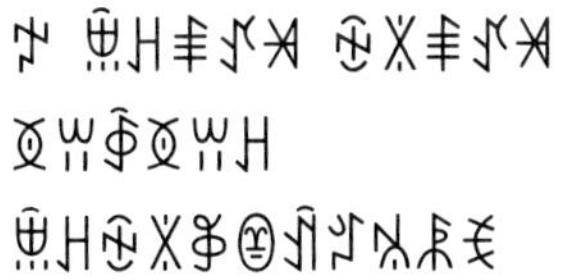

[illegible]

[illegible]

——[illegible]

[illegible]

[illegible]，
[illegible]，
[illegible]，
[illegible]？

[illegible]

[illegible]，[illegible]！
[illegible]，
[illegible]？
[illegible]，
[illegible]？

[illegible]

[illegible]？
[illegible]？
[illegible]？
[illegible]，[illegible]，

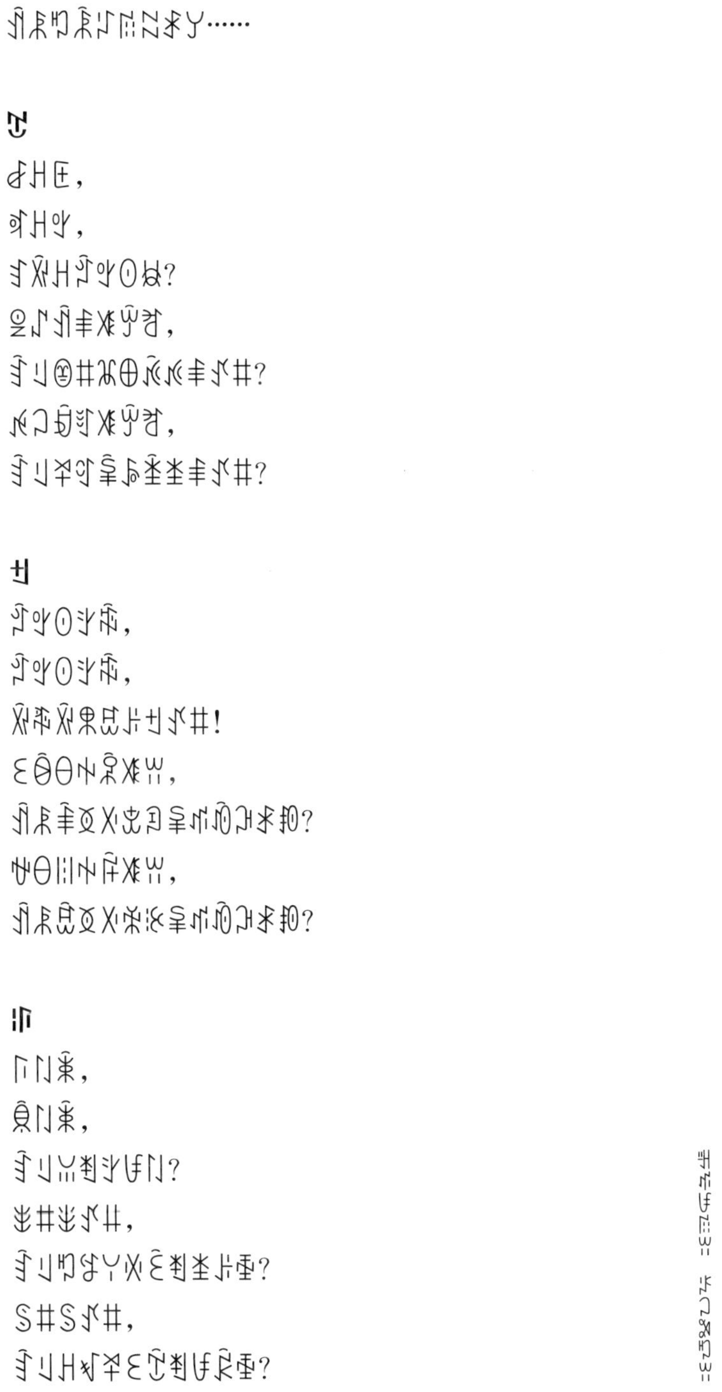

[illegible]

[illegible]，[illegible]！
[illegible]，
[illegible]！
[illegible]，
[illegible]！

[illegible]

[illegible]，[illegible]，
[illegible]！
[illegible]，
[illegible]！
[illegible]，
[illegible]！
[illegible]，
[illegible]，
[illegible]……

[illegible]

[illegible]
[illegible]
[illegible]
[illegible]
[illegible]
[illegible]

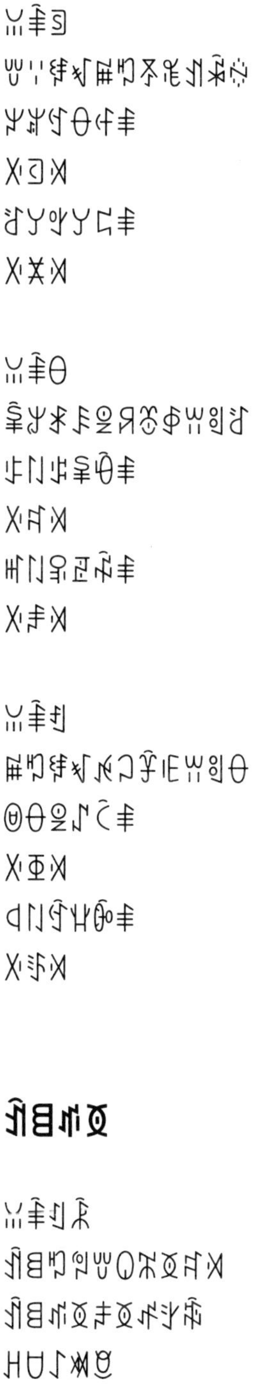

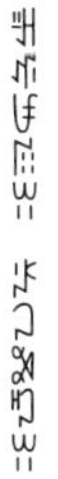

[illegible]

[illegible]

[illegible]
[illegible]
[illegible]
[illegible]
[illegible]
[illegible]
[illegible]
[illegible]
[illegible]
[illegible]
[illegible]

[illegible]
[illegible]
[illegible]
[illegible]
[illegible]
[illegible]
[illegible]

[illegible]

[illegible]
[illegible]
[illegible]

[illegible]
[illegible]
[illegible]
[illegible]
[illegible]
[illegible]
[illegible]
[illegible]
[illegible]
[illegible]
[illegible]
——[illegible]

1. [illegible]

[illegible]
[illegible]
[illegible]
[illegible]
[illegible]
[illegible]
[illegible]
[illegible]
[illegible]
[illegible]
[illegible]
[illegible]
[illegible]
[illegible]

[illegible]
[illegible]
[illegible]
[illegible]
[illegible]
[illegible]
[illegible]
[illegible]
[illegible]

2. [illegible]

[illegible]
[illegible]
[illegible]
[illegible]
[illegible]
[illegible]
[illegible]
[illegible]
[illegible]
[illegible]
[illegible]
[illegible]
[illegible]
[illegible]
[illegible]
[illegible]
[illegible]

[illegible]
[illegible]
[illegible]

[illegible]
[illegible]
[illegible]
[illegible]
[illegible]
[illegible]
[illegible]
[illegible]
[illegible]
[illegible]
[illegible]
[illegible]
[illegible]
[illegible]

[illegible]
[illegible]
[illegible]
[illegible]
[illegible]
[illegible]
[illegible]
[illegible]
[illegible]

3.

[illegible]
[illegible]
[illegible]
[illegible]
[illegible]，[illegible]
[illegible]
[illegible]

[illegible]
[illegible]，[illegible]
[illegible]　[illegible]
[illegible]　[illegible]
[illegible]
[illegible]
[illegible]
[illegible]
[illegible]
[illegible]

4. [illegible]

[illegible]
[illegible]
[illegible]
[illegible]　[illegible]
[illegible]
[illegible]　[illegible]
[illegible]
[illegible]

[illegible]

5. [illegible]

[illegible]

[illegible]

[illegible]
[illegible]
[illegible]
[illegible]
[illegible]

[illegible]

[illegible]
[illegible]
[illegible]
[illegible]
[illegible]
[illegible]
[illegible]
[illegible]
[illegible]
[illegible]

[illegible]
[illegible]
[illegible]
[illegible]
[illegible]
[illegible]
[illegible]
[illegible]

[illegible]

[illegible]

[illegible]

[illegible]
[illegible]
[illegible]
[illegible]
[illegible]
[illegible]
[illegible]
[illegible]
[illegible]
[illegible]

[illegible]

[illegible]
[illegible]
[illegible]
[illegible]
[illegible]
[illegible]

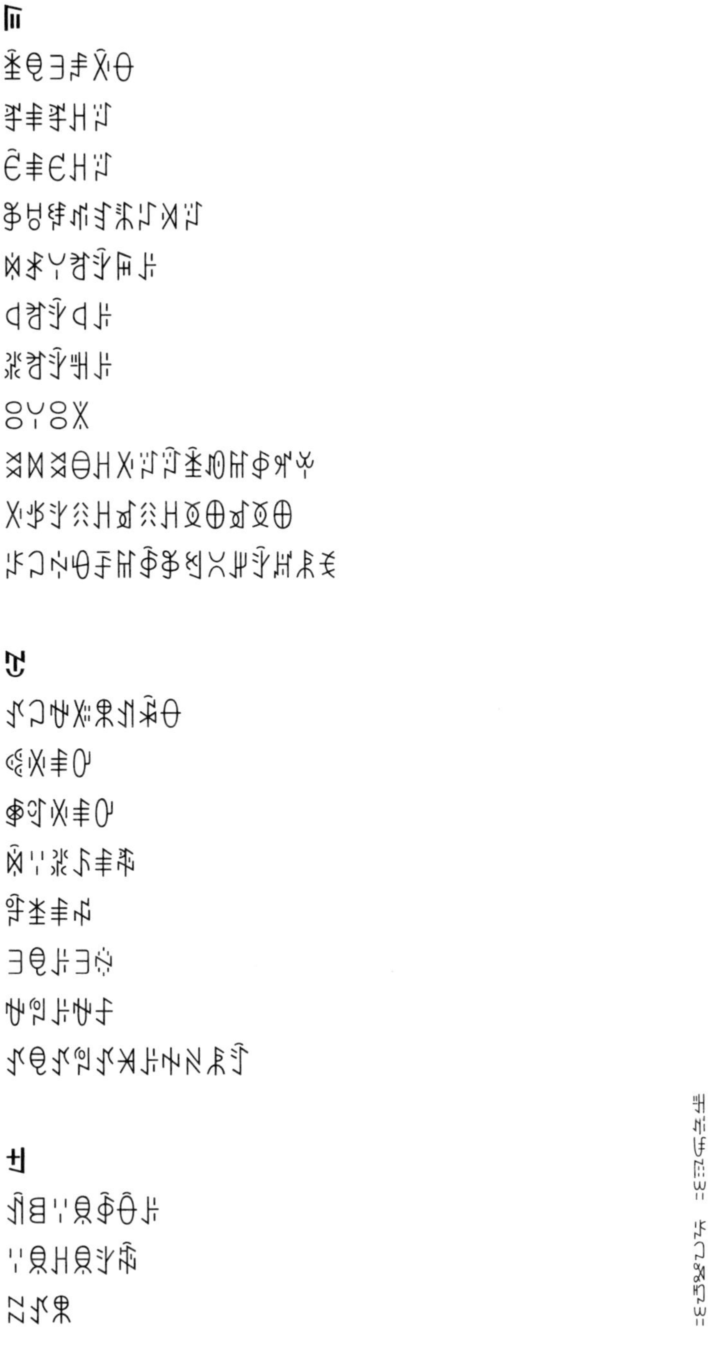

[illegible]
[illegible]
[illegible]
[illegible]
……

[illegible]

[illegible]——[illegible]
[illegible]——[illegible]
[illegible]——[illegible]

[illegible]——[illegible]
……
[illegible]
[illegible]
[illegible]
[illegible]
[illegible]
[illegible]

[illegible]
[illegible]
[illegible]
[illegible]
[illegible]
[illegible]

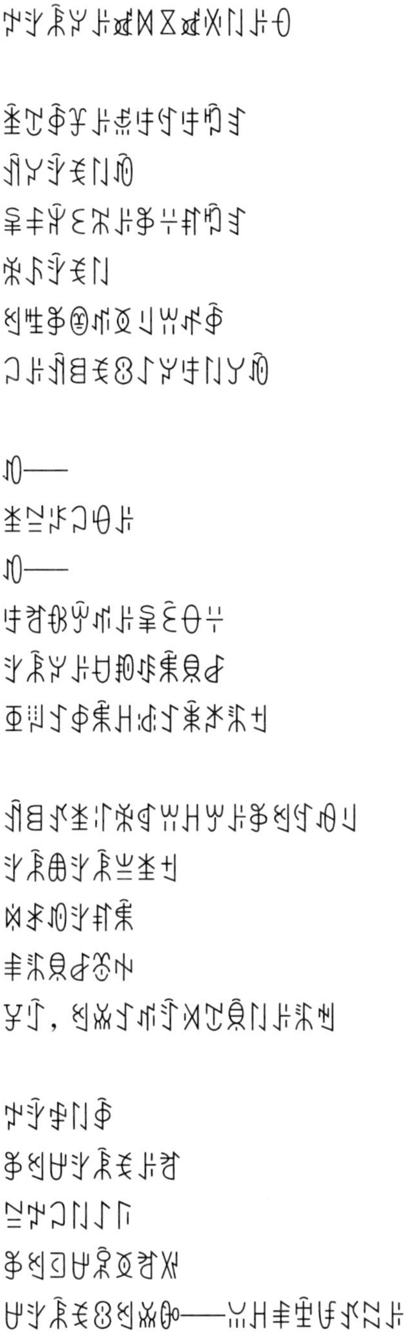

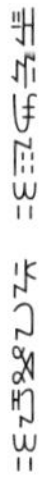

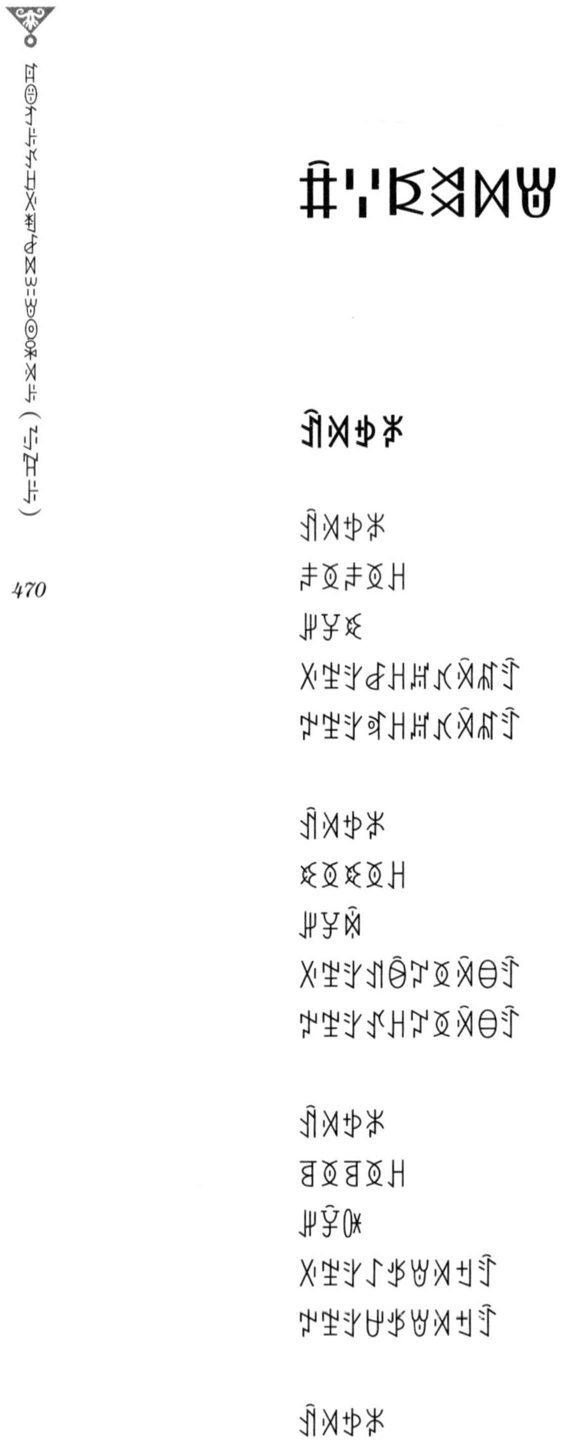

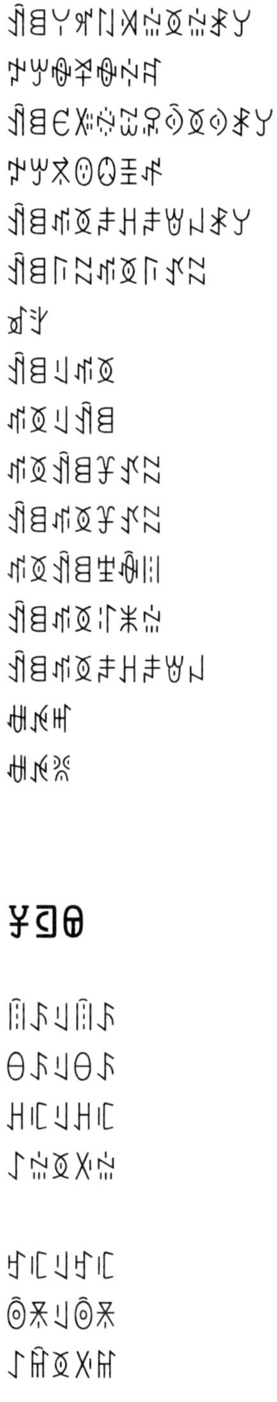

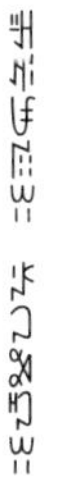

1.

[illegible]

2. [illegible]

[illegible]
[illegible]
[illegible]
[illegible]
[illegible]

[illegible]
[illegible]
[illegible]
[illegible]
[illegible]
[illegible]
[illegible]
[illegible]
[illegible]
[illegible]
[illegible]
[illegible]
[illegible]

[illegible]
[illegible]
[illegible]
[illegible]
[illegible]

3.

[illegible]
[illegible]
[illegible]
[illegible]
[illegible]
[illegible]
[illegible]
[illegible]
[illegible]

[illegible]
[illegible]
[illegible]
[illegible]
[illegible]
[illegible]

[illegible]
[illegible]
[illegible]
[illegible]
[illegible]

4. [illegible]

[illegible]
[illegible]
[illegible]

5.

[illegible]

[illegible]

[illegible]
[illegible]
[illegible]
[illegible]
[illegible]
[illegible]
[illegible]
[illegible]
[illegible]——
[illegible]
[illegible]

[illegible]
[illegible]
[illegible]
[illegible]
[illegible]
[illegible]
[illegible]

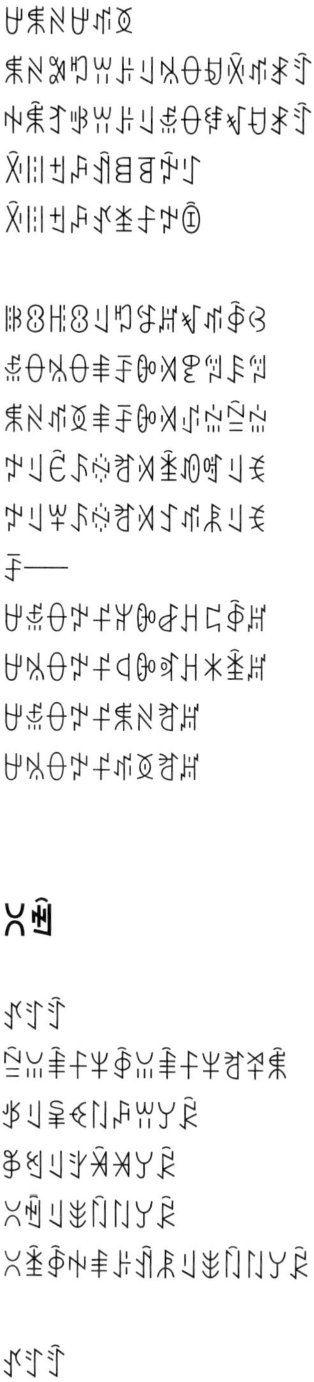

[illegible]
[illegible]
[illegible]
[illegible]
[illegible]

[illegible]
[illegible]
[illegible]
[illegible]
[illegible]
[illegible]
[illegible]
[illegible]

[illegible]
[illegible]
[illegible]
[illegible]
[illegible]
[illegible]

[illegible]

[illegible]
[illegible]?

——[illegible]

[illegible]

[illegible]

[illegible]
[illegible]
[illegible]
[illegible]
[illegible]

[illegible]

[illegible], [illegible]? [illegible]
[illegible]。

——[illegible]

[illegible]
[illegible]
[illegible]
[illegible]
[illegible]:
[illegible]
[illegible]

[illegible]
[illegible]
[illegible]
[illegible]
[illegible]

[illegible]

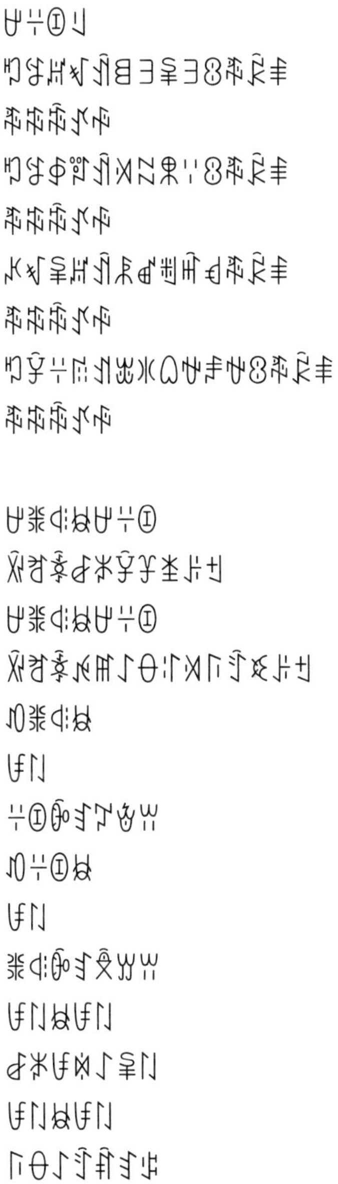

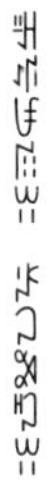

[illegible]

[illegible]
[illegible]
[illegible]
[illegible]
[illegible]
[illegible]
[illegible]
[illegible]
[illegible]
[illegible]
[illegible]

[illegible]
[illegible]
[illegible]
[illegible]
[illegible]
[illegible]
[illegible]
[illegible]
[illegible]
[illegible]
[illegible]
[illegible]
[illegible]
[illegible]

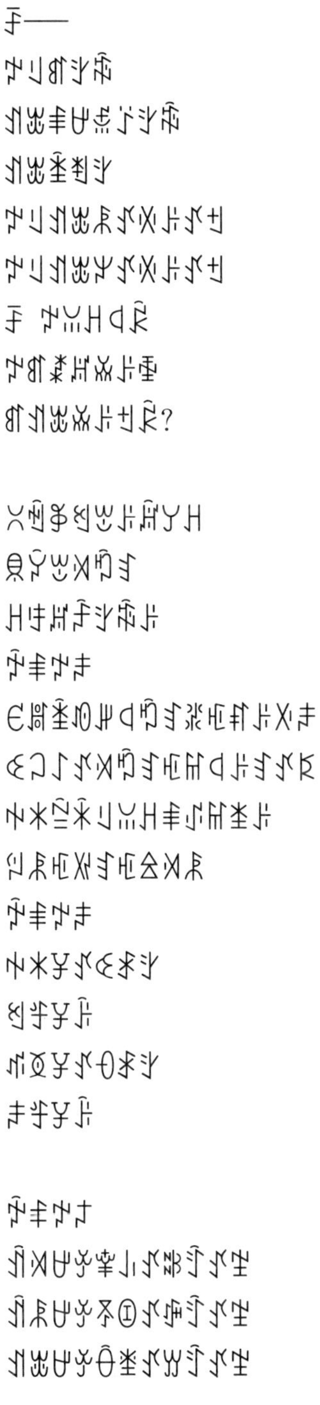

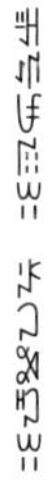

[illegible]
[illegible]
[illegible]
[illegible]
[illegible]
[illegible]
[illegible]
[illegible]
[illegible]

[illegible]

[illegible]
[illegible]
[illegible]
[illegible]
[illegible]
[illegible]
[illegible]
[illegible]
[illegible]
[illegible]
[illegible]
[illegible]
[illegible]
[illegible]
[illegible]

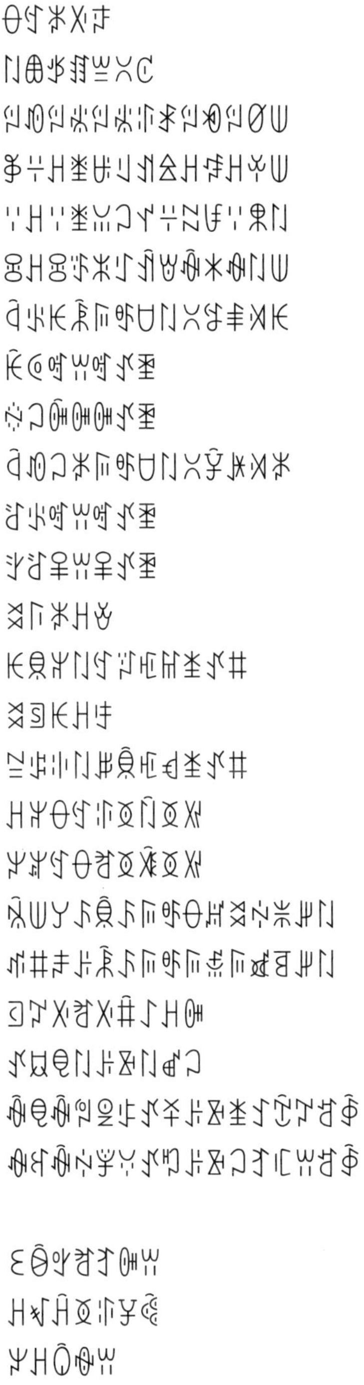

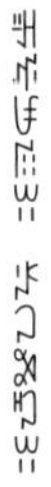

[illegible]

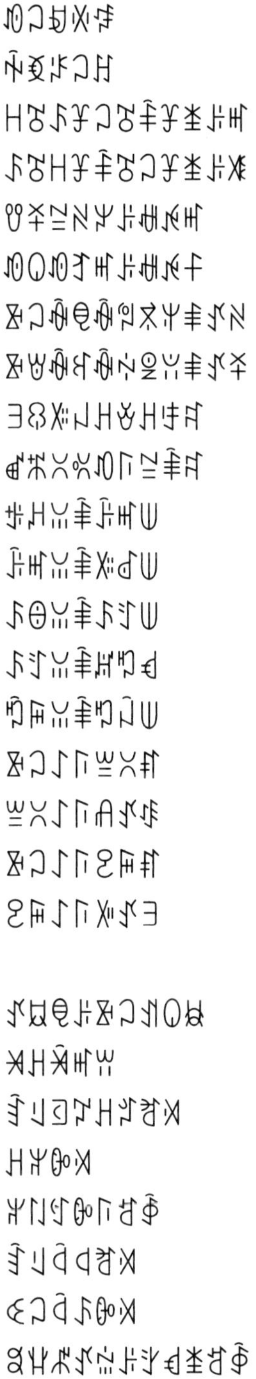

[illegible]

[illegible]

[illegible]

[illegible]

[illegible]

[illegible]

[illegible]

[illegible]

[illegible]

[illegible]

[illegible]

[illegible]
[illegible]
[illegible]
[illegible]
[illegible]
[illegible]

[illegible]
[illegible]
[illegible]
[illegible]
[illegible]
[illegible]

[illegible]
[illegible]
[illegible]
[illegible]
[illegible]

[illegible]

[illegible]
[illegible]
[illegible]

[illegible]
[illegible]
[illegible]

[illegible]

[illegible]
[illegible]
[illegible]
[illegible]

[illegible]
[illegible]
[illegible]
[illegible]
[illegible]
[illegible]
[illegible]
[illegible]
[illegible]

[illegible]
[illegible]

[illegible]

[illegible]

1

[illegible]——

[illegible]

[illegible]

[illegible]

[illegible]

2

[illegible]——

[illegible]

[illegible]

[illegible]

[illegible]

[illegible]

[illegible]

[illegible]

[illegible]

3

4

5

[illegible]

[illegible]——
[illegible]
[illegible]
[illegible]

[illegible]——
[illegible]
[illegible]
[illegible]

[illegible]
[illegible]
[illegible]
[illegible]
[illegible]

[illegible]
[illegible]
[illegible]——[illegible]
[illegible]

[illegible]
[illegible]
[illegible]
[illegible]
[illegible]

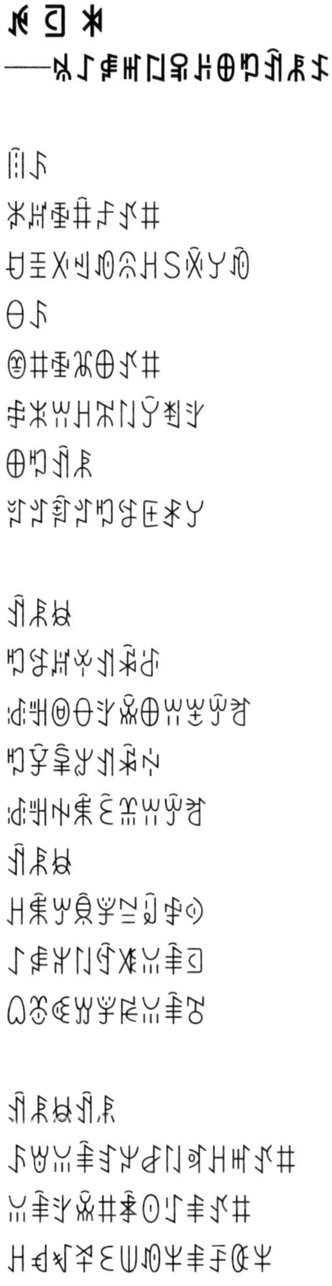

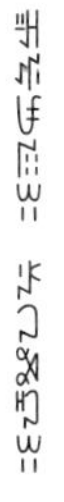

[illegible]

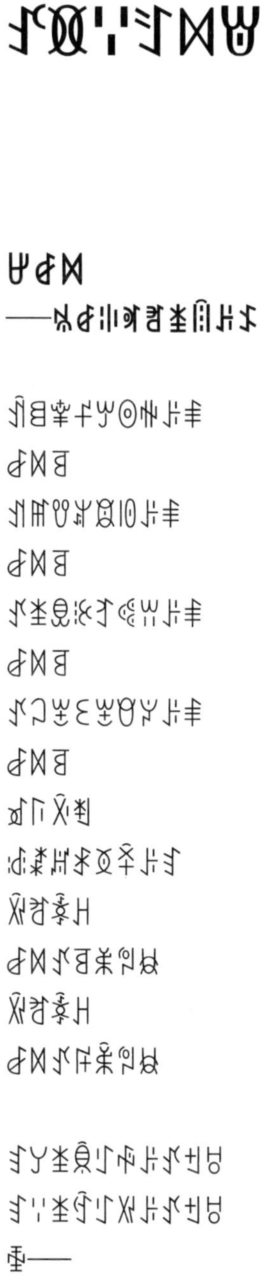

[illegible]
[illegible]
[illegible]
[illegible]
[illegible]
[illegible]
[illegible]
[illegible]
[illegible]
[illegible]
[illegible]
[illegible]
[illegible]
[illegible]
[illegible]
[illegible]
[illegible]
[illegible]
[illegible]
[illegible]
[illegible]

[illegible]

[illegible]
[illegible]
[illegible]

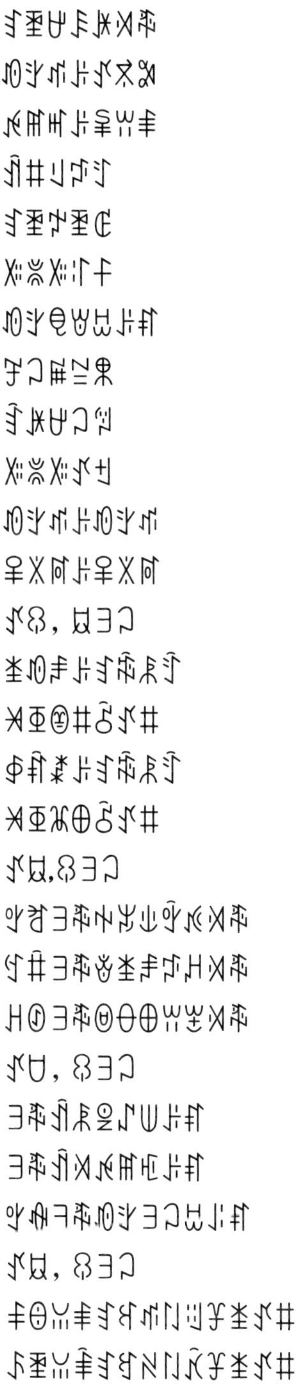

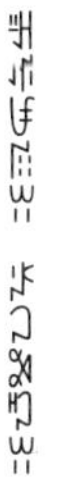

[illegible]

[illegible]

[illegible]
[illegible]
[illegible]
[illegible]
[illegible]
[illegible]
[illegible]
[illegible]
[illegible]
[illegible]
[illegible]
[illegible]
[illegible]
[illegible]
[illegible]
[illegible]
[illegible]
[illegible]
[illegible]

1

2

3

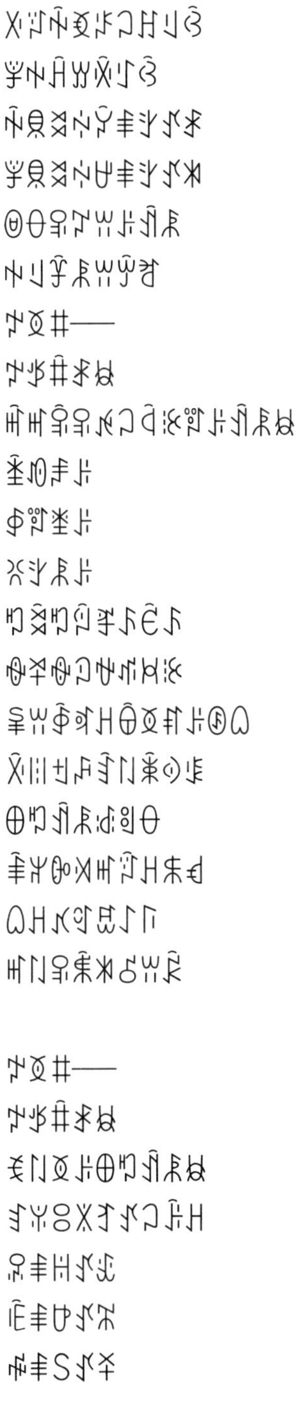

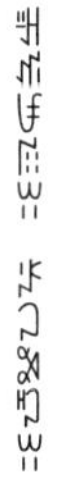

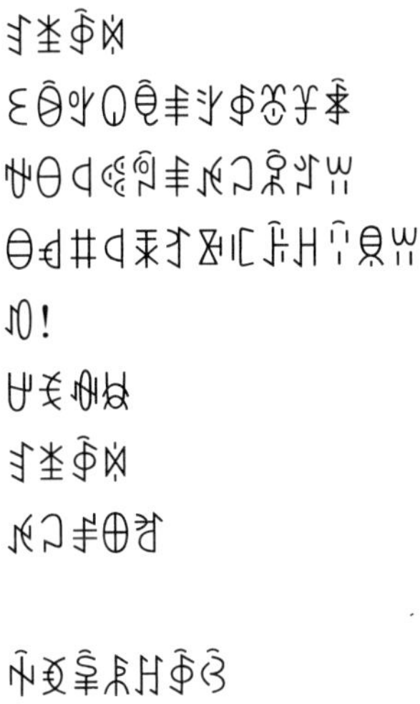

[illegible]

[illegible]

[illegible]
[illegible]
[illegible]
[illegible]
[illegible]
[illegible]
[illegible]

[illegible]
[illegible]
[illegible]
[illegible]
[illegible]
[illegible]

[illegible]
[illegible]

[illegible]

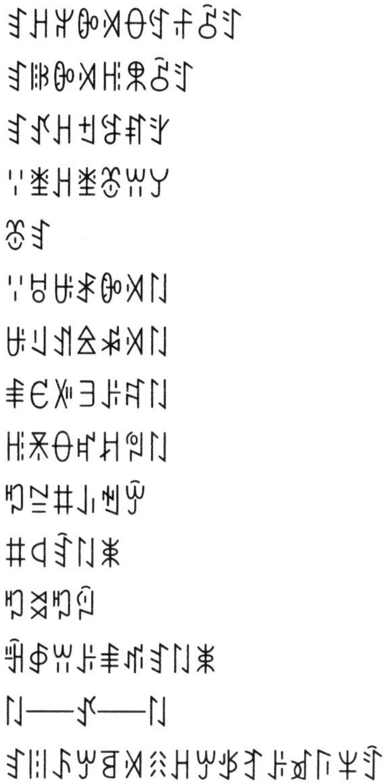

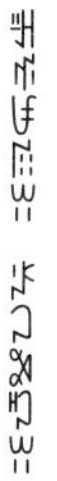

[illegible]

[illegible]

[illegible]
[illegible]
[illegible]
[illegible]
[illegible]
[illegible]
[illegible]
[illegible]

[illegible]
[illegible]
[illegible]
[illegible]

[illegible]
[illegible]
[illegible]
[illegible]
[illegible]

[illegible]
[illegible]
[illegible]

[illegible]

[illegible]
[illegible]
[illegible]
[illegible]
[illegible]
[illegible]
[illegible]

[illegible]
[illegible]
[illegible]
[illegible]
[illegible]
[illegible]
[illegible]

[illegible]
[illegible]
[illegible]
[illegible]
[illegible]

[illegible]
[illegible]

[illegible]
[illegible]
[illegible]
[illegible]
[illegible]
[illegible]
[illegible]

[illegible]

[illegible]
[illegible]
[illegible]
[illegible]
[illegible]

[illegible]
[illegible]
[illegible]
[illegible]

[illegible]
[illegible]
[illegible]

......

[illegible]
[illegible]
[illegible]
[illegible]
[illegible]
[illegible]
[illegible]
[illegible]
[illegible]

......

[illegible]
[illegible]
[illegible]
[illegible]
[illegible]
[illegible]
[illegible]

......

[illegible]
[illegible]
[illegible]
[illegible]
[illegible]
[illegible]
[illegible]
[illegible]
[illegible]

[illegible]

[illegible]

[illegible],
[illegible]。
[illegible]?
[illegible];
[illegible]?
[illegible]。

[illegible]?
[illegible];
[illegible]?
[illegible]。

[illegible]?
[illegible]。
[illegible]?
[illegible]。

[illegible]?
[illegible];

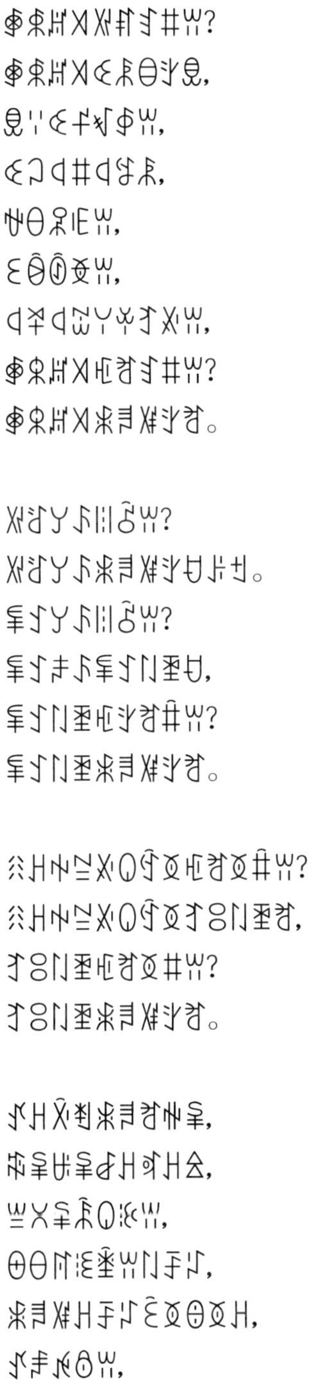

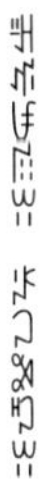

……

[illegible]，
[illegible]。

[illegible]，
[illegible]，
[illegible]，
[illegible]，
[illegible]。
[illegible]，
[illegible]，
[illegible]，
[illegible]。
[illegible]，
[illegible]，
[illegible]。

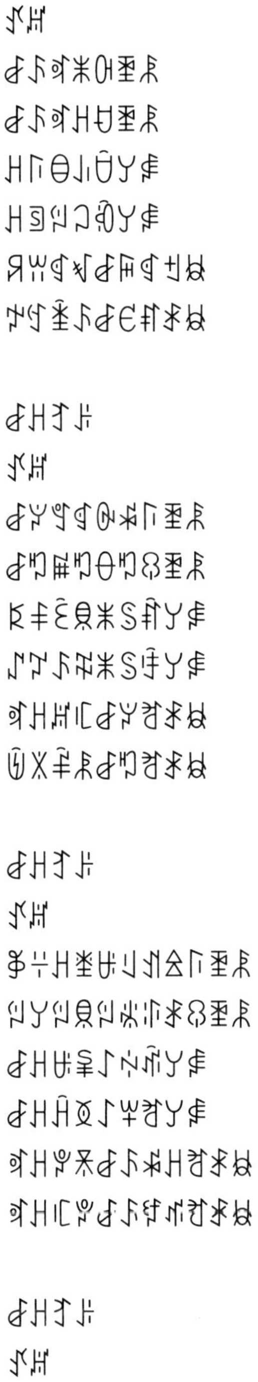

[illegible]
[illegible]
[illegible]
[illegible]
[illegible]
[illegible]
[illegible]

[illegible]

[illegible]
[illegible]
[illegible]
[illegible]
[illegible]
[illegible]
[illegible]
[illegible]
[illegible]
[illegible]
[illegible]
[illegible]
[illegible]
[illegible]
[illegible]
[illegible]
[illegible]

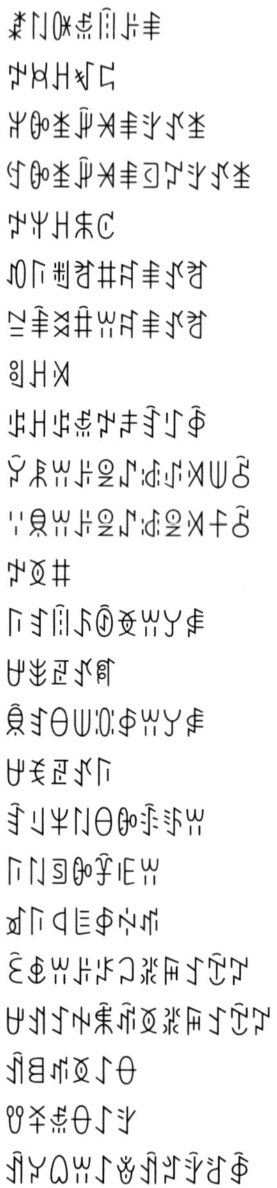

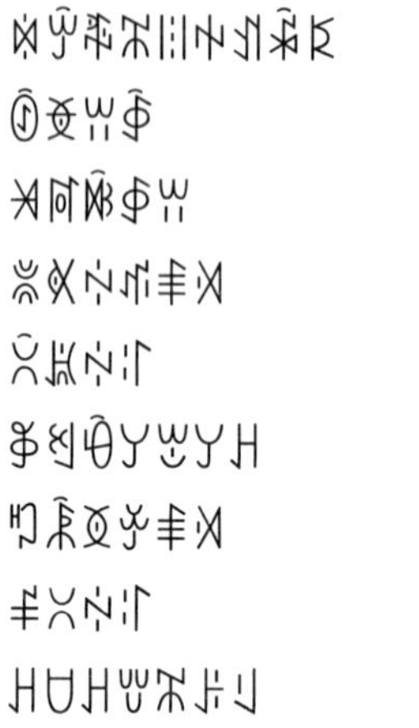

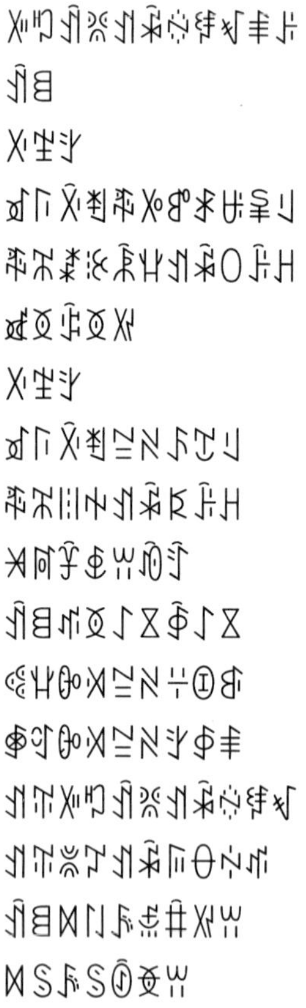

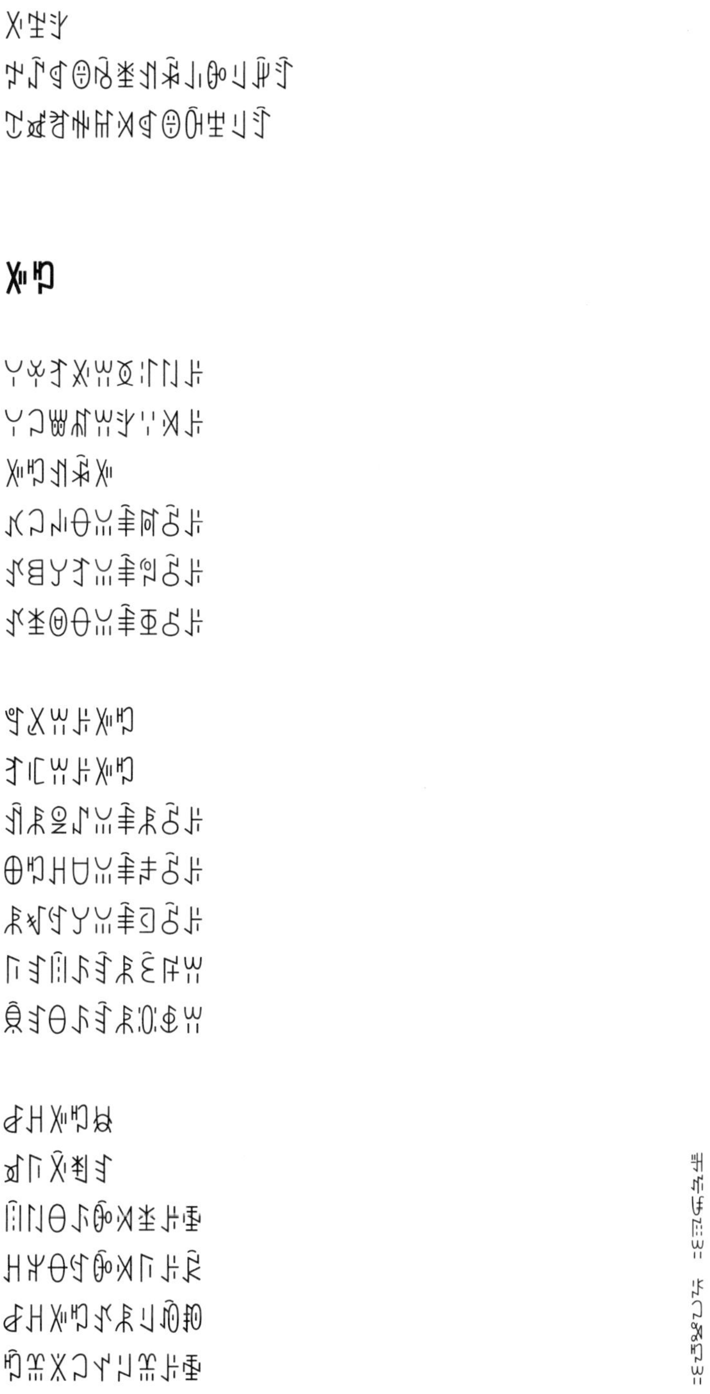

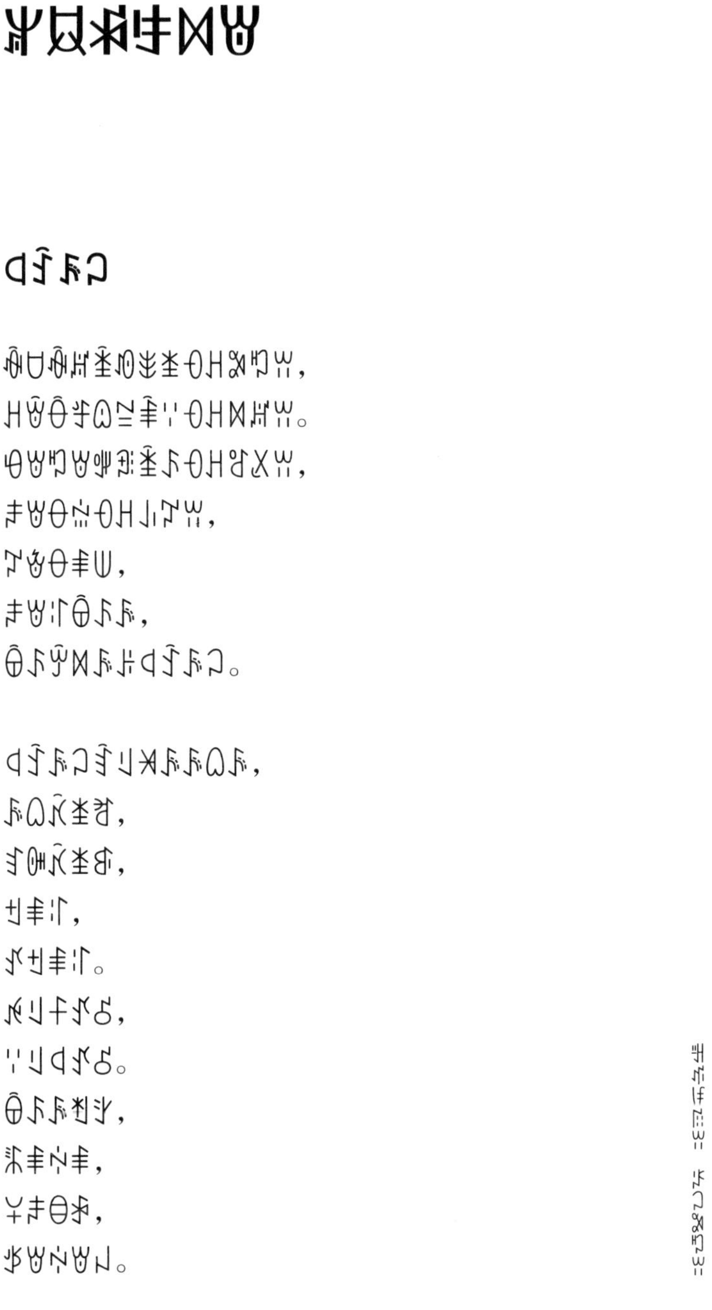

[illegible]，
[illegible]，
[illegible]。
[illegible]，
[illegible]。
[illegible]，
[illegible]，
[illegible]，
[illegible]，
[illegible]，
[illegible]，
[illegible]，
[illegible]。
[illegible]，
[illegible]，
[illegible]，
[illegible]。

[illegible]，
[illegible]，
[illegible]，
[illegible]。
[illegible]，
[illegible]，
[illegible]。
[illegible]，
[illegible]，
[illegible]，

[illegible]，
[illegible]。

[illegible]：
“[illegible]，
[illegible]，
[illegible]，
[illegible]，
[illegible]，
[illegible]。”
[illegible]，
[illegible]，
[illegible]。
[illegible]，
[illegible]。
[illegible]，
[illegible]，
[illegible]，
[illegible]。
[illegible]，
[illegible]。
[illegible]，
[illegible]。
[illegible]，
[illegible]，
[illegible]，
[illegible]！

[illegible]

[illegible]
[illegible]
[illegible]
[illegible]

[illegible]
[illegible]
[illegible]
[illegible]
[illegible]

[illegible]
[illegible]
[illegible]
[illegible]
[illegible]

[illegible]

[illegible]
[illegible]
[illegible]
[illegible]
[illegible]

[illegible]
[illegible]

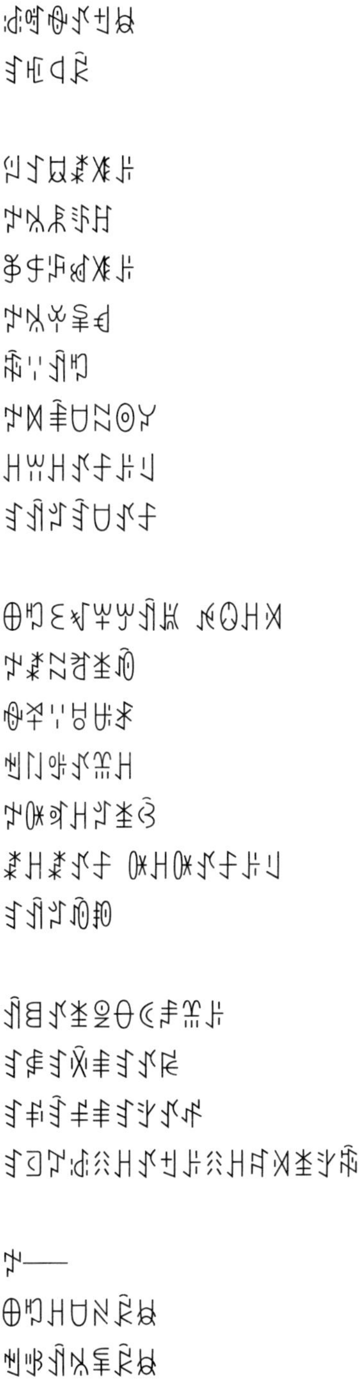

[illegible]
[illegible]
[illegible]
[illegible]

[illegible]

[illegible]
[illegible]
[illegible]
[illegible]
[illegible]
[illegible]
[illegible]
[illegible]
[illegible]
[illegible]
[illegible]
[illegible]
[illegible]
[illegible]

[illegible]
[illegible]
[illegible]
[illegible]
[illegible]

[illegible]
[illegible]
[illegible]
[illegible]
[illegible]
[illegible]
[illegible]

[illegible]

[illegible]
[illegible]
[illegible]
[illegible]
[illegible]
[illegible]
[illegible]

[illegible]
[illegible]
[illegible]
[illegible]
[illegible]
[illegible]

[illegible]
[illegible]

[illegible]

——[illegible]

[illegible]
[illegible]
[illegible]
[illegible]
[illegible]
[illegible]
[illegible]
[illegible]
[illegible]
[illegible]

[illegible]，[illegible]
[illegible]
[illegible]
[illegible]
[illegible]
[illegible]，[illegible]
[illegible]
[illegible]
[illegible]
[illegible]
[illegible]，[illegible]
[illegible]
[illegible]
[illegible]，[illegible]

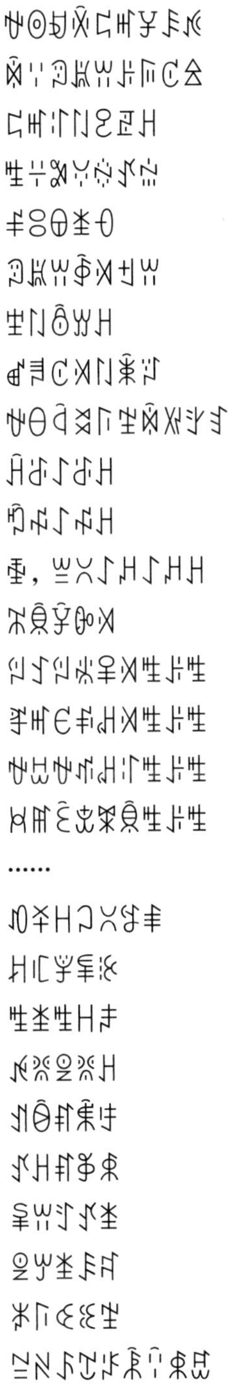

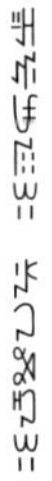

[illegible]
[illegible]
[illegible]
[illegible]
[illegible]
[illegible]

2016[illegible]7[illegible]10[illegible] [illegible]

[illegible]

[illegible]
[illegible]
[illegible]
[illegible]
[illegible]
[illegible]
[illegible]
[illegible]

[illegible]
[illegible]
[illegible]
[illegible]
[illegible]
[illegible]
[illegible]
[illegible]

—[illegible]

[illegible]

—[illegible]

[illegible]

[illegible]

—[illegible]

[illegible]

……

[illegible], [illegible]
[illegible], [illegible]! ?
2016[illegible]9[illegible]22[illegible]

[illegible]

[illegible]
[illegible]
[illegible]
[illegible]
[illegible], [illegible]
[illegible]
[illegible]
[illegible]
[illegible]
[illegible]
[illegible]——
[illegible], [illegible]
[illegible]
[illegible]
[illegible], [illegible]
[illegible], [illegible]
[illegible]
[illegible]

[illegible]
[illegible]

[illegible]
[illegible]
[illegible]
[illegible]，[illegible]
[illegible]
[illegible]
[illegible]，[illegible]
[illegible]
[illegible]
……
[illegible]
[illegible]
[illegible]
“[illegible]——[illegible]，
[illegible]
[illegible]
[illegible]
……
[illegible]
[illegible]
[illegible]
[illegible]
[illegible]
[illegible]
[illegible]
[illegible]
[illegible]
[illegible]

......”

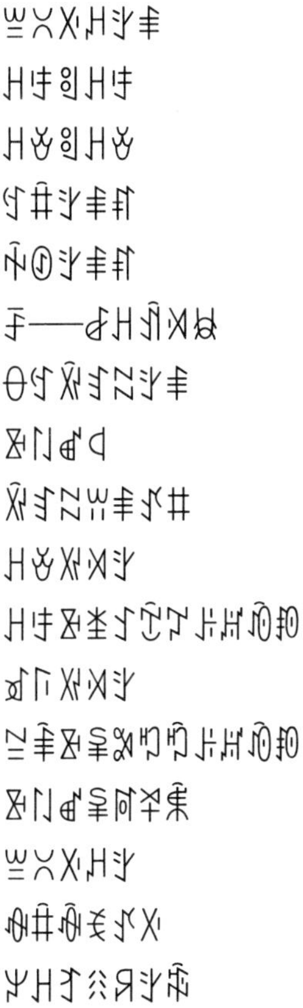

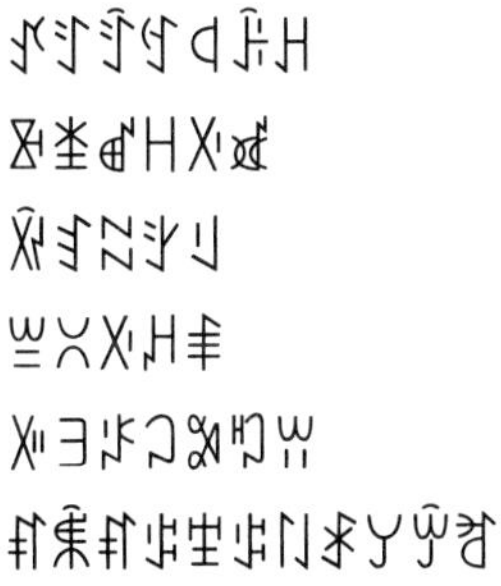

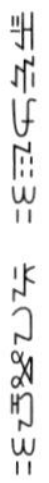

[illegible],
[illegible]。
[illegible],
[illegible]
[illegible],
[illegible]。
[illegible],[illegible]?
[illegible]。

[illegible],
[illegible],
[illegible],
[illegible]。
[illegible],
[illegible]:[illegible]
[illegible]。

[illegible],
[illegible];
[illegible],[illegible],
[illegible]。
[illegible],
[illegible],
[illegible],[illegible]。
[illegible]。

[illegible]

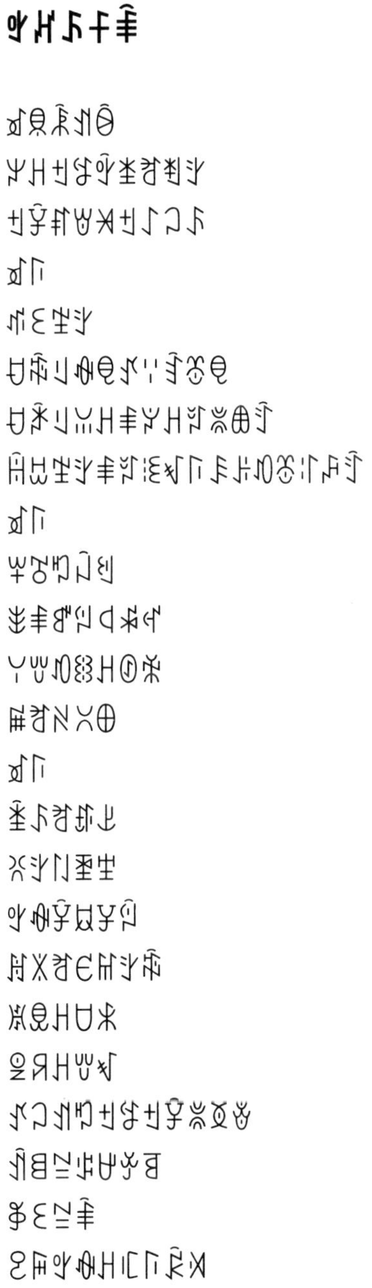

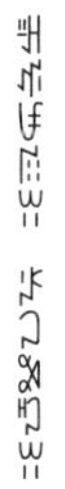

[illegible]
[illegible]
[illegible]
[illegible]
[illegible]
[illegible]
“[illegible]”
“[illegible]” [illegible]

[illegible]

[illegible]
[illegible]
[illegible]
[illegible]
[illegible]
[illegible]
[illegible]
[illegible]
[illegible]
[illegible]
[illegible]
[illegible]
[illegible]
[illegible]
[illegible]
[illegible]

[illegible]
[illegible]
[illegible]
[illegible]
[illegible]

[illegible]

[illegible]
[illegible]
[illegible]
[illegible]
[illegible]
[illegible]
[illegible]
[illegible]
[illegible]
[illegible]
[illegible]
[illegible]
[illegible]

[illegible]
[illegible]
[illegible]
[illegible]
[illegible]

[illegible]

[illegible]

[illegible]

[illegible]

[illegible]

[illegible]

[illegible]

[illegible]
[illegible]
[illegible]

[illegible]

[illegible]
[illegible]
[illegible]
[illegible]
[illegible]　[illegible]
[illegible]　[illegible]
[illegible]
[illegible]
[illegible]
[illegible]
[illegible]
[illegible]　[illegible]
[illegible]

[illegible]

[illegible]
[illegible]
[illegible]
[illegible]

[illegible]
[illegible]
[illegible]
[illegible]

[illegible]
[illegible]
[illegible]
[illegible]
[illegible]
[illegible]
[illegible]
[illegible]
[illegible]
[illegible]
[illegible]

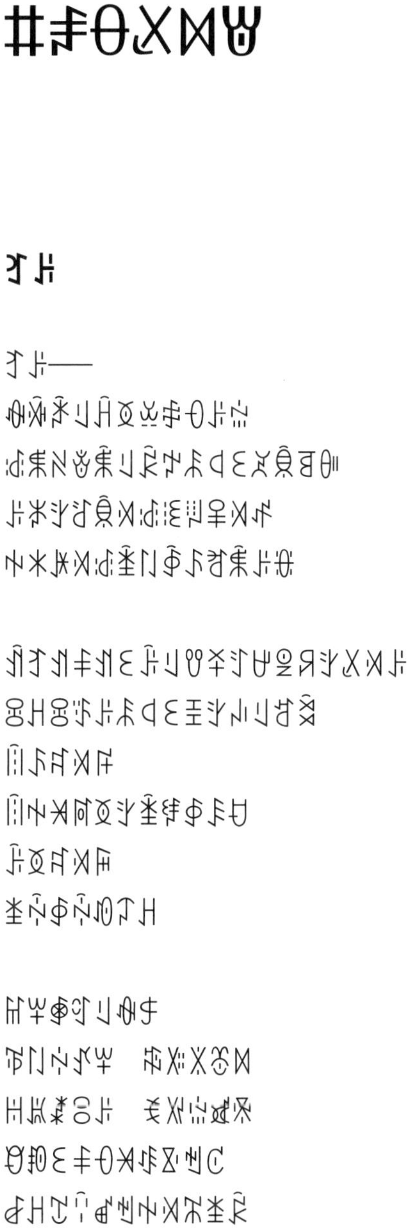

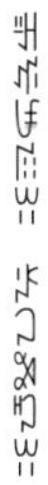

[illegible]

[illegible]
[illegible]
[illegible]
[illegible]
[illegible]
[illegible]
[illegible]
[illegible]
[illegible]
[illegible]
[illegible]
[illegible]
[illegible]
[illegible]
[illegible]

[illegible]

[illegible]
[illegible]
[illegible]
[illegible]
[illegible]
[illegible]

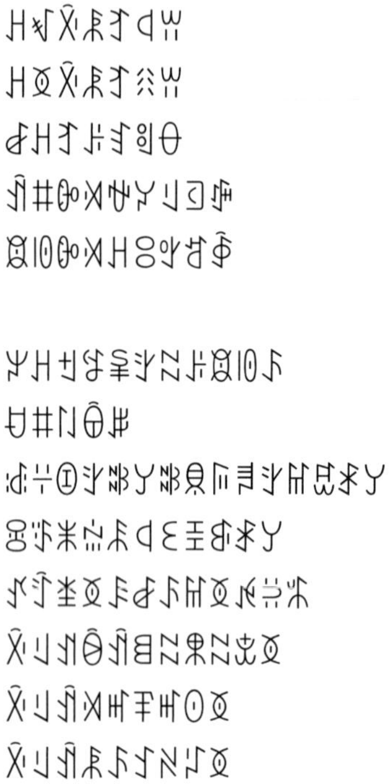

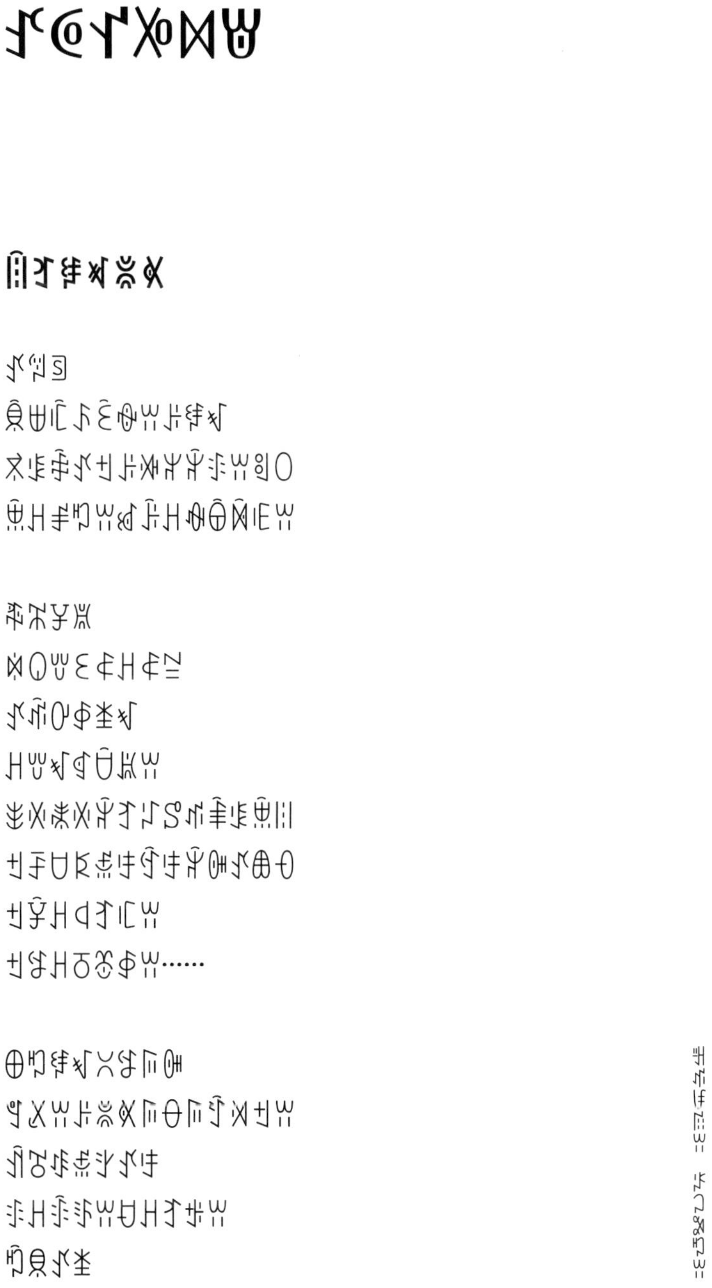

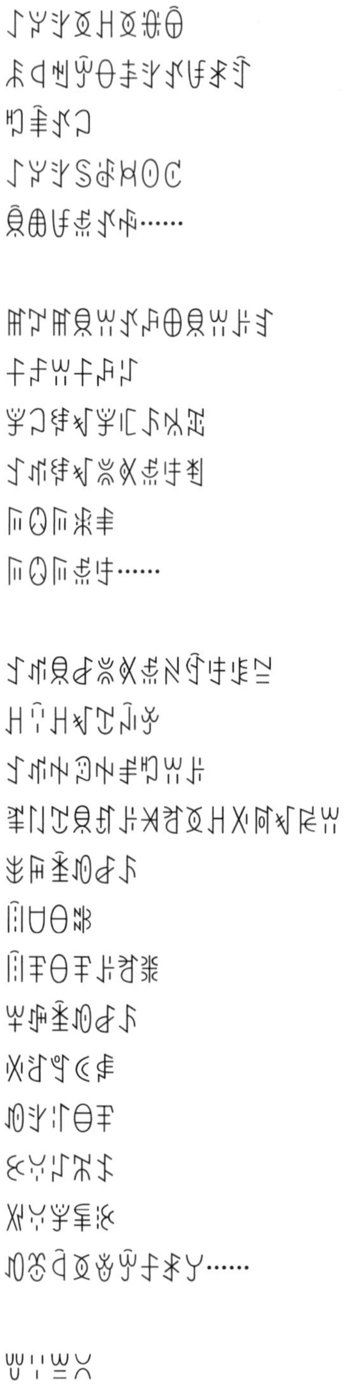

[illegible]
[illegible]
[illegible]……

[illegible]
[illegible]
[illegible]
[illegible]
[illegible]
[illegible]
[illegible]……

[illegible]
[illegible]
[illegible]
[illegible]
[illegible]
[illegible]
[illegible]……

[illegible]
[illegible]
[illegible]
[illegible]……

[illegible]

[illegible]
[illegible]
[illegible]
[illegible]
[illegible]
[illegible]
[illegible]
[illegible]
[illegible]
[illegible]

[illegible]
[illegible]
[illegible]
[illegible]

[illegible]
[illegible]
[illegible]
[illegible]
[illegible]
[illegible]
[illegible]
[illegible]

[illegible]

[illegible]
[illegible]
[illegible]
[illegible]
[illegible]
[illegible]
[illegible]
[illegible]

[illegible]
[illegible]
[illegible]

2017.1.5

[illegible]
——[illegible]

[illegible]，
[illegible]，
[illegible]。

《[illegible]·[illegible]》

[illegible]
[illegible]……
[illegible]
[illegible]
[illegible]

[illegible]
[illegible]
[illegible]
[illegible]
[illegible]
[illegible]

[illegible]
[illegible]
[illegible]……
[illegible]
[illegible]
[illegible]
[illegible]

[illegible]
[illegible]
[illegible]
[illegible]
[illegible]
[illegible]
[illegible]
[illegible]
[illegible]
[illegible]
[illegible]

[illegible]

[illegible]

2016.11.26

[illegible]

[illegible]

[illegible]
[illegible]
[illegible]……

[illegible]（[illegible]）

1.[illegible]

[illegible]
[illegible]
[illegible]
[illegible]
[illegible]
（[illegible]，[illegible]）

[illegible]
[illegible]
[illegible]
[illegible]

2.[illegible]

[illegible]
[illegible]
（[illegible]，[illegible]）

[illegible]
[illegible]

3.[illegible]

[illegible]

[illegible]

[illegible]

[illegible]

“[illegible]” [illegible]

[illegible]

[illegible]

——[illegible]

4.[illegible]

[illegible]

[illegible]

[illegible]

[illegible]

——[illegible]

2017.2.2

[illegible]

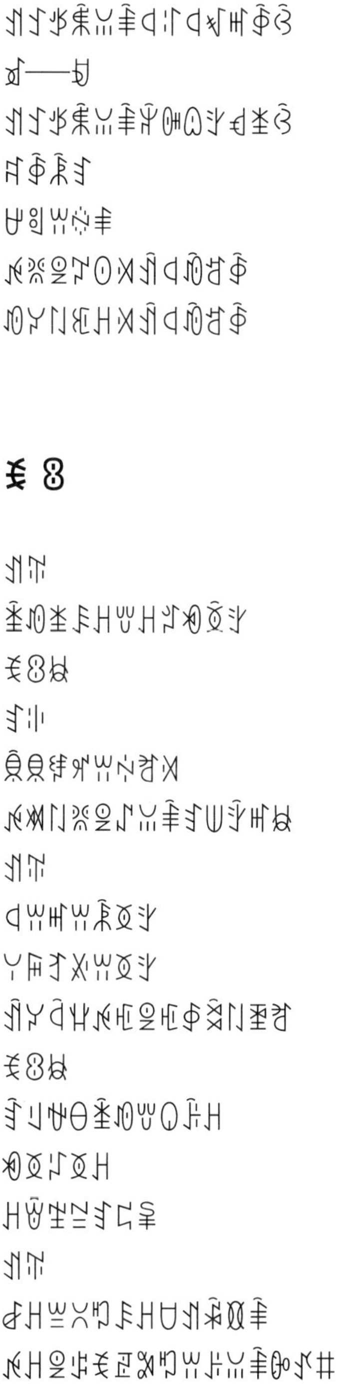

[illegible]

[illegible]

[illegible]

[illegible]

[illegible]

[illegible]

[illegible]

[illegible]

[illegible]

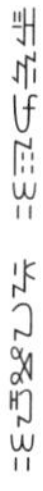

[illegible]

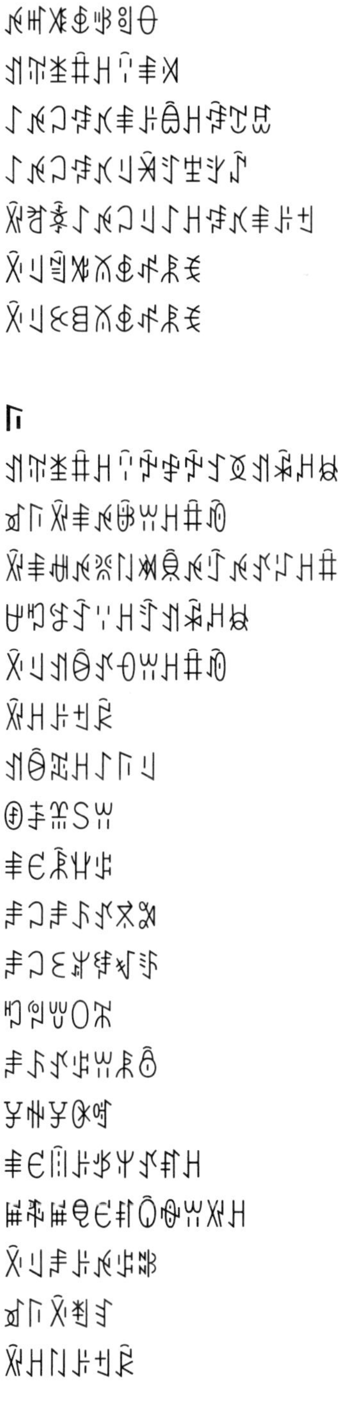

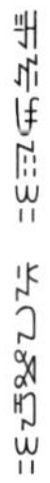

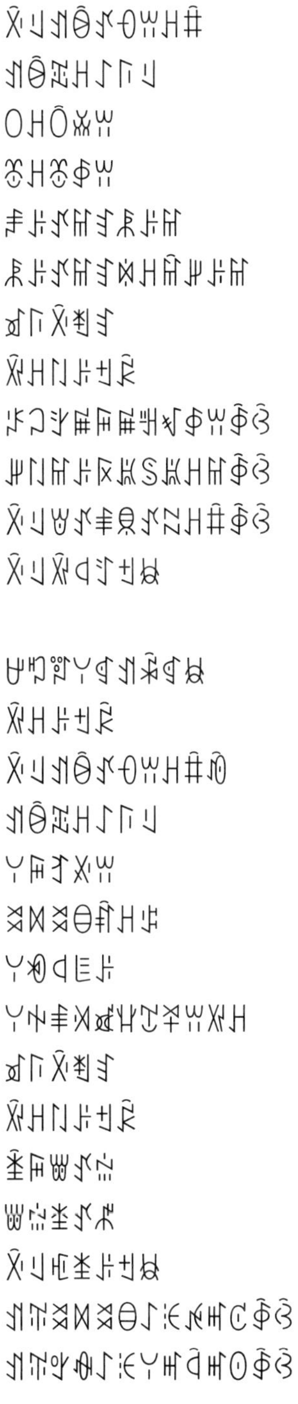

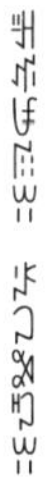

[illegible]

[illegible]

[illegible]

[illegible]

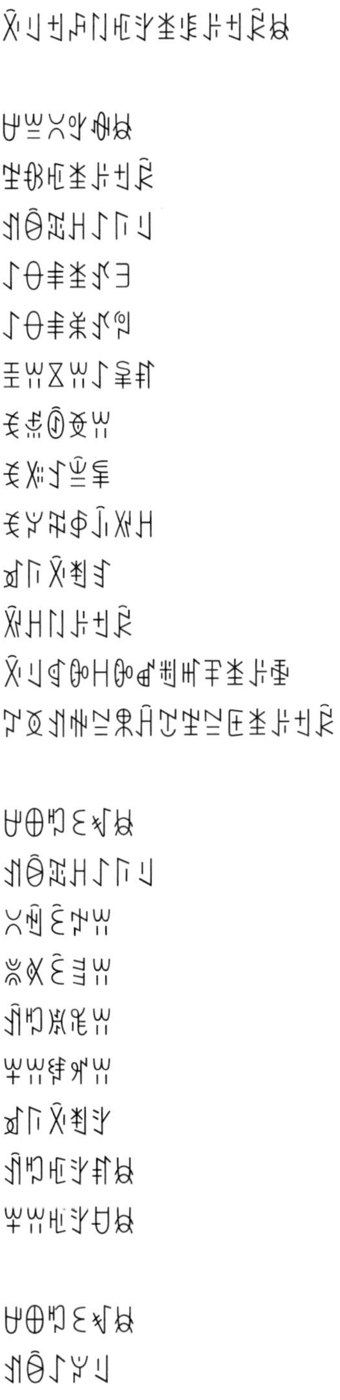

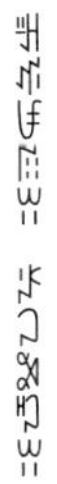

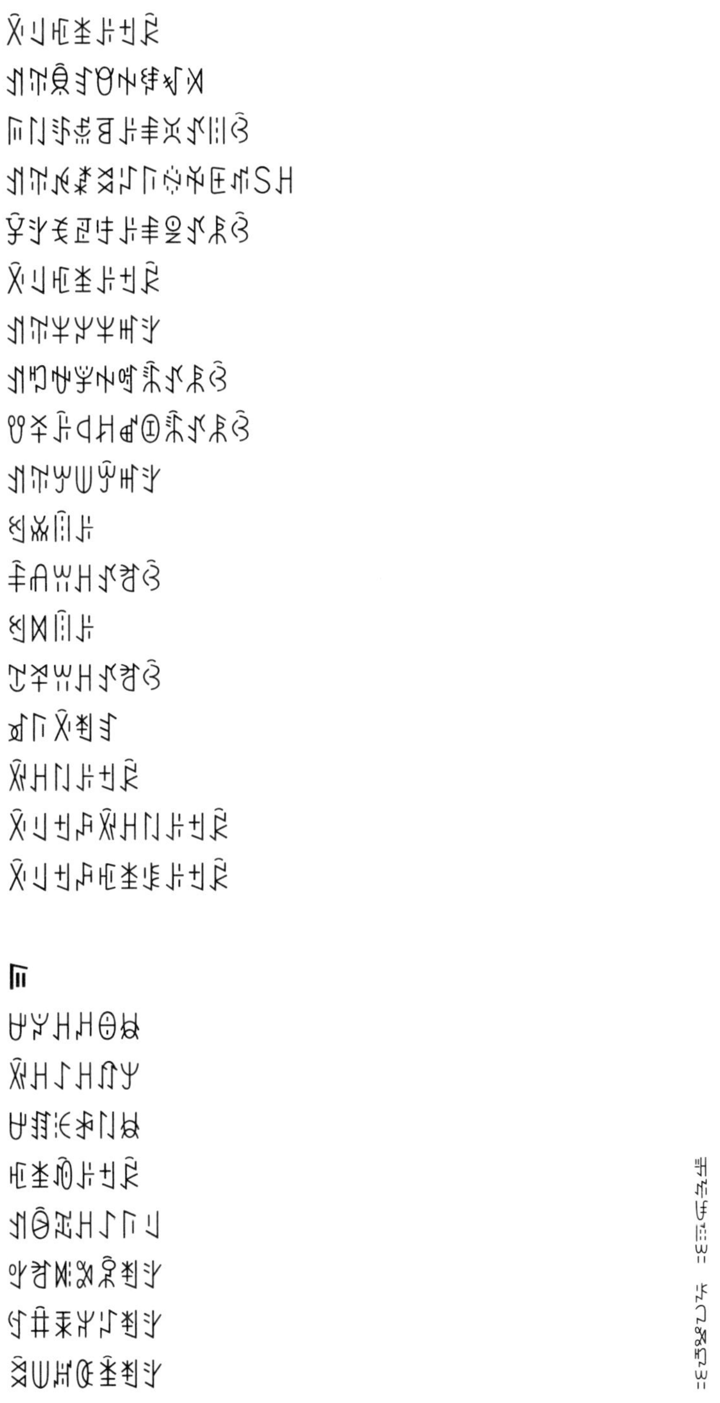

[illegible]

[illegible]

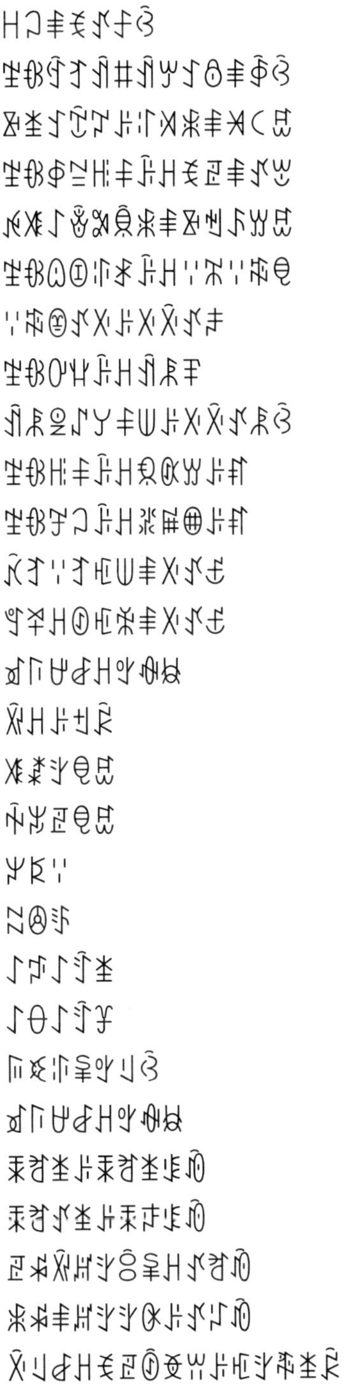

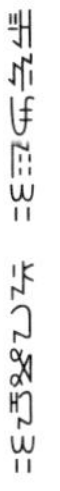

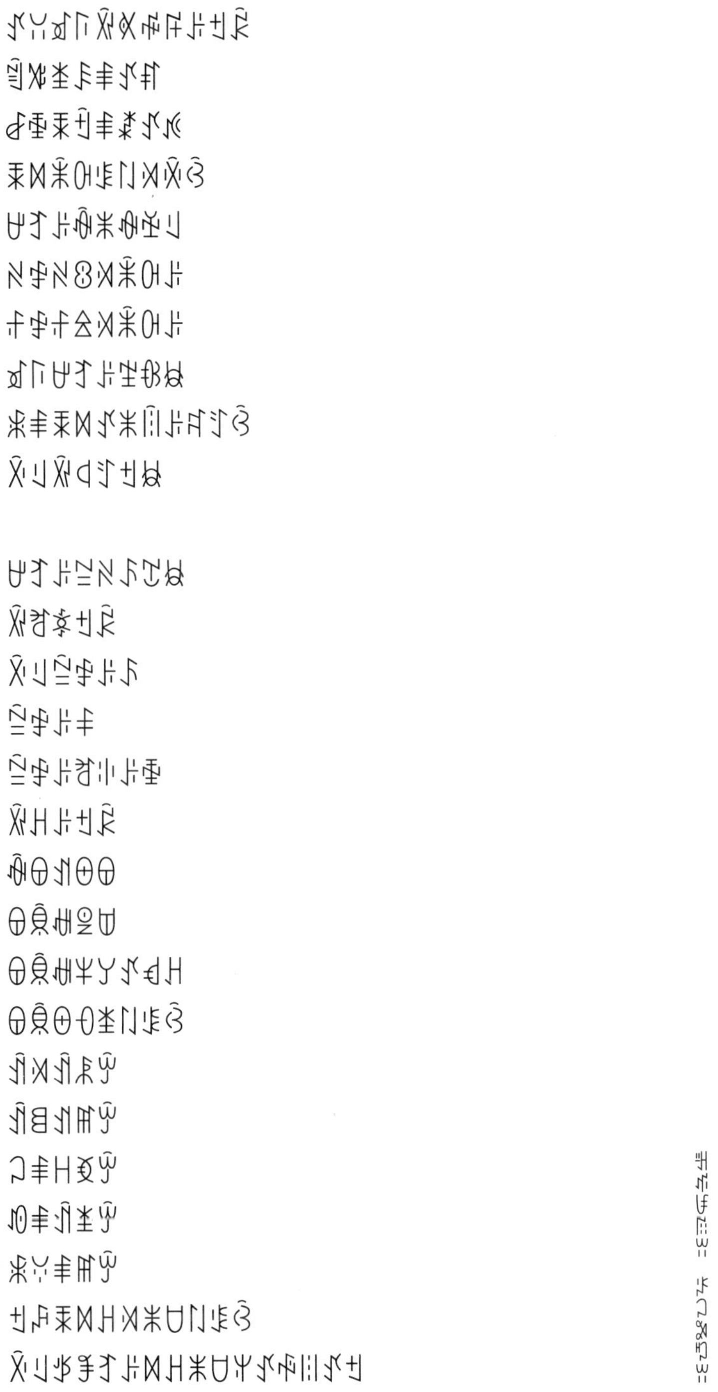

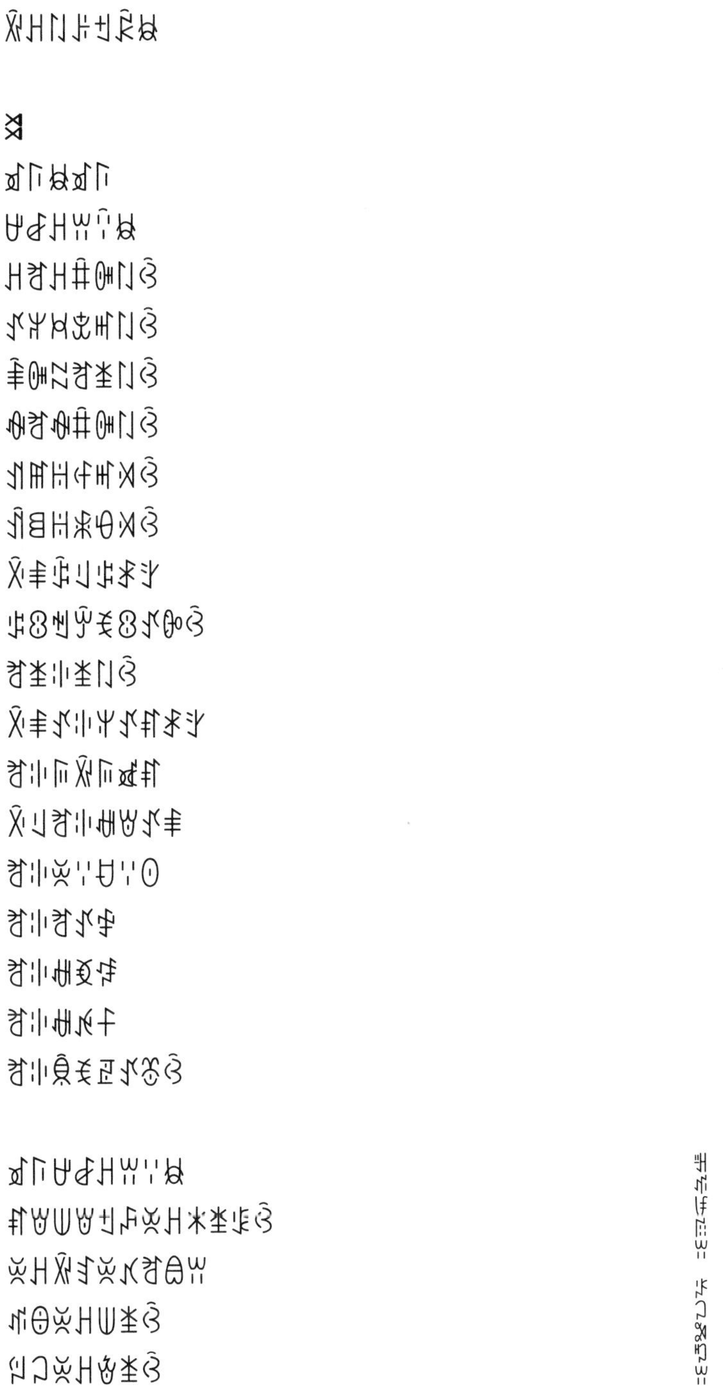

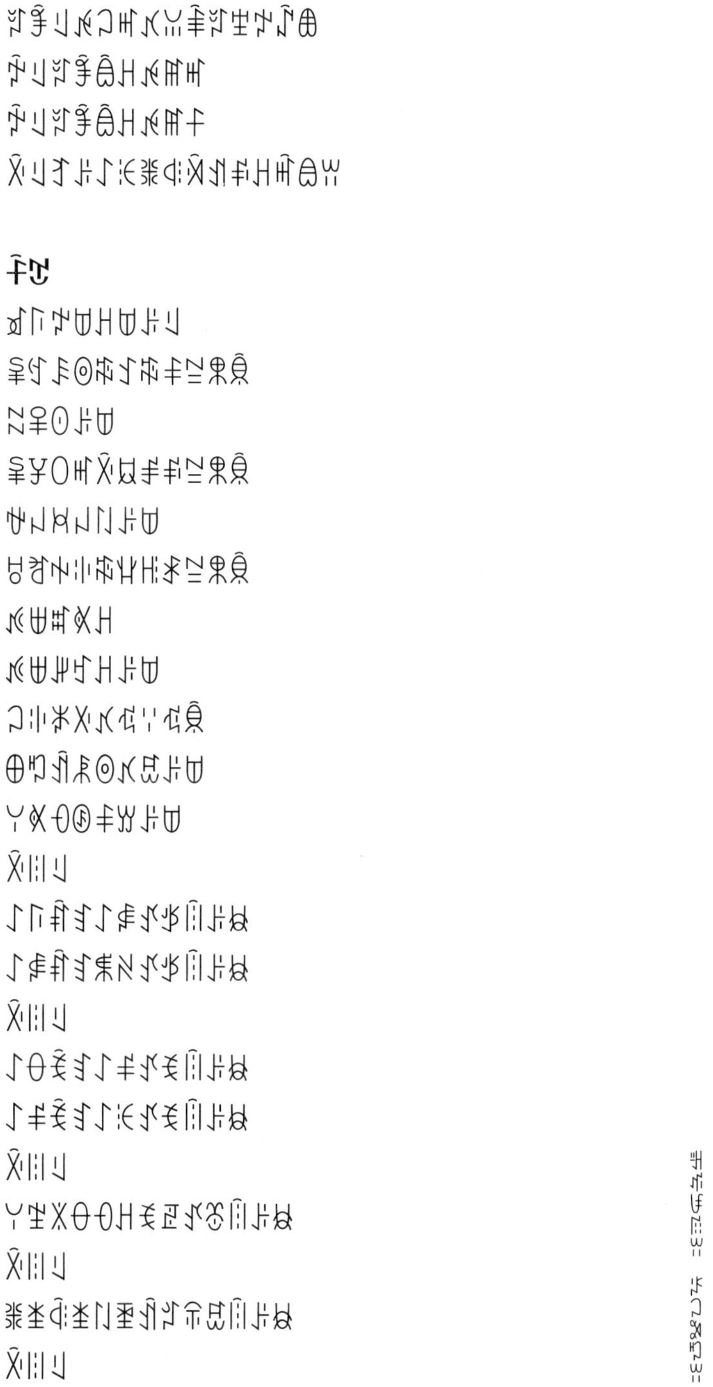

[illegible]
[illegible]
[illegible]
[illegible]
[illegible]
[illegible]
[illegible]

[illegible]

[illegible]
[illegible]
[illegible]
[illegible]
[illegible]
[illegible]
[illegible]
[illegible]
[illegible]
[illegible]
[illegible]
[illegible]
[illegible]
[illegible]
[illegible]
[illegible]
[illegible]
[illegible]
[illegible]

[illegible]
[illegible]
[illegible]
[illegible]
[illegible]
[illegible]
[illegible]
[illegible]
[illegible]……
[illegible]
[illegible]
[illegible]
[illegible]
[illegible]
[illegible]
[illegible]
[illegible]
[illegible]
[illegible]
[illegible]
[illegible]
[illegible]
[illegible]
[illegible]
[illegible]
[illegible]
[illegible]

[illegible]

[illegible]

[illegible]
[illegible]
[illegible]
[illegible]
[illegible]
[illegible]
[illegible]
[illegible]
[illegible]
[illegible]
[illegible]
[illegible]
[illegible]
[illegible]
[illegible]
[illegible]
[illegible]
[illegible]
[illegible]
[illegible]
[illegible]
[illegible]
[illegible]
[illegible]

[illegible]

[illegible]

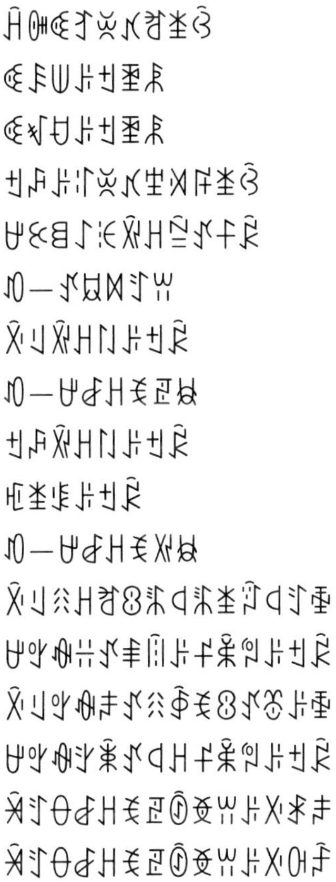

[illegible]

[illegible]

[illegible]

——[illegible]

[illegible]
[illegible]
[illegible]
[illegible]
[illegible]
[illegible]
[illegible]
[illegible]
[illegible]
[illegible]
[illegible]

[illegible]
[illegible]
[illegible]
[illegible]

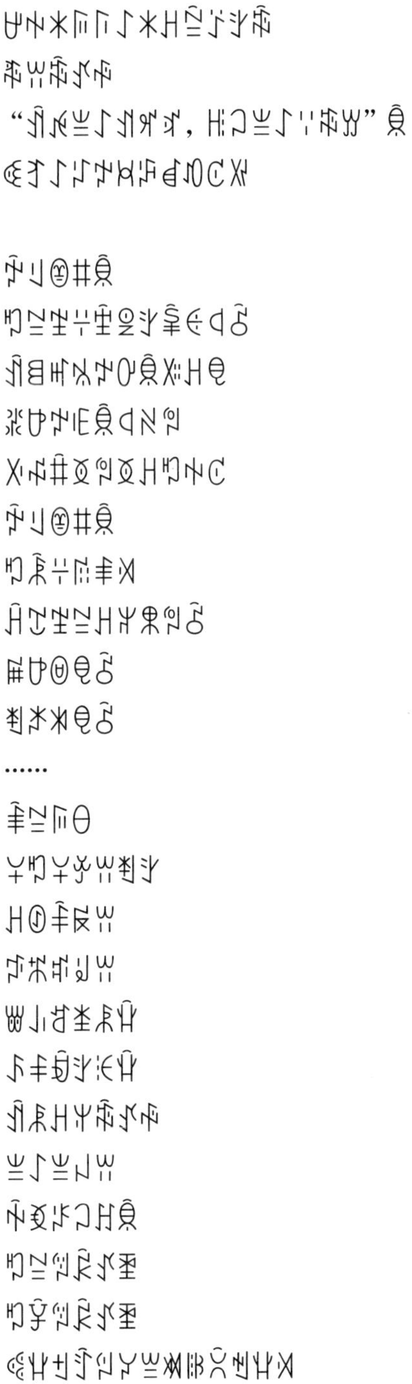

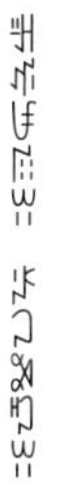

[illegible]

……

[illegible]
[illegible]
[illegible]
[illegible]
[illegible]
……
[illegible]
[illegible]
[illegible]
[illegible]
[illegible]

[illegible]——
[illegible]
[illegible]
[illegible]
[illegible]
[illegible]
[illegible]
[illegible]
[illegible]
[illegible]
[illegible]、[illegible]
[illegible]

[illegible]——
[illegible]
[illegible]

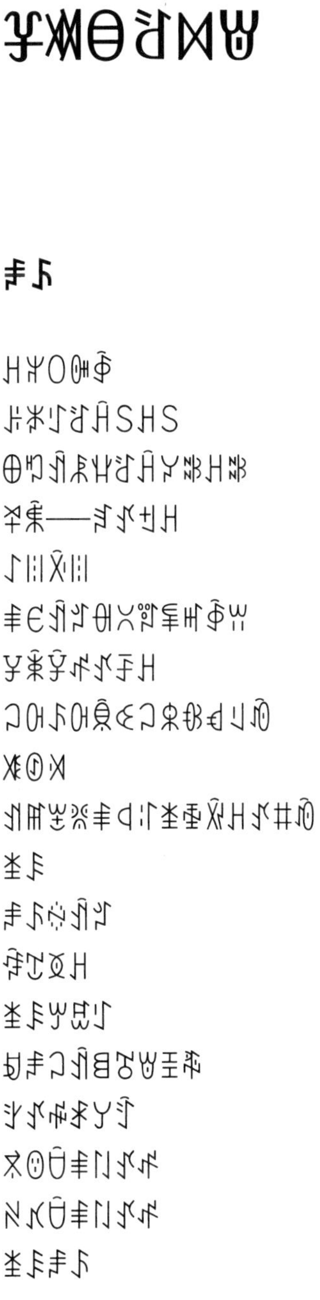

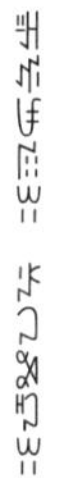

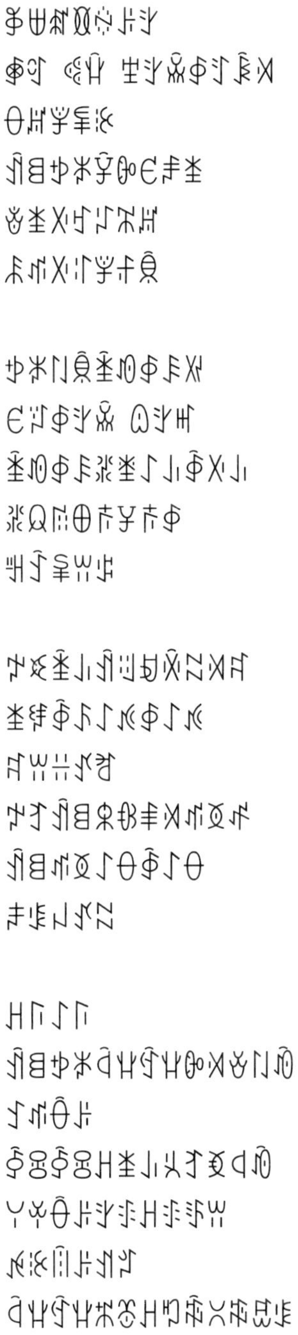

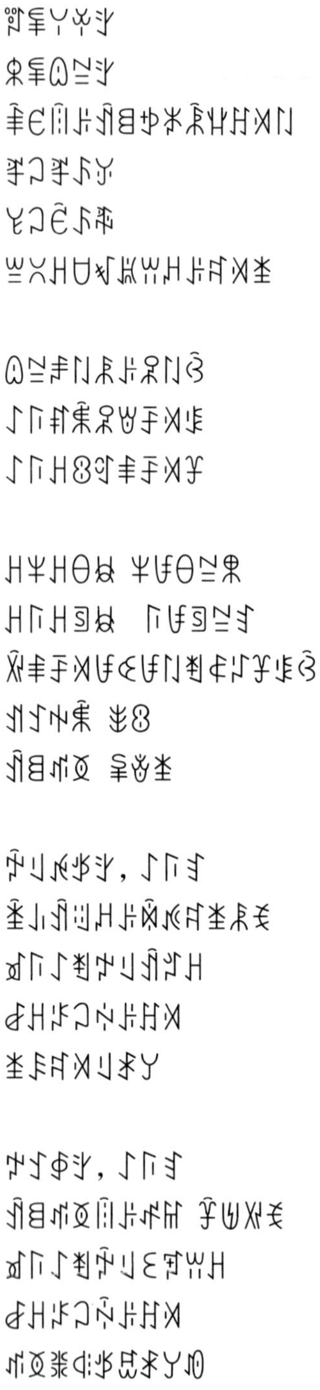

2016年3月14日

——[illegible]

[illegible]
[illegible]
[illegible]
[illegible]
[illegible]
——[illegible]

[illegible]
[illegible]
[illegible]
[illegible]
[illegible]
——[illegible]

[illegible]
[illegible]
[illegible]
[illegible]
[illegible]
——[illegible]

[illegible]
[illegible]
[illegible]
[illegible]
——[illegible]

[illegible]
[illegible]
[illegible]
[illegible]——

2016[illegible]6[illegible]19[illegible]

[illegible]

[illegible]
[illegible]
[illegible]
[illegible]
[illegible]

[illegible]
[illegible]
[illegible]
[illegible]
[illegible]

[illegible]
[illegible]
[illegible]
[illegible]
[illegible]
[illegible]

[illegible]
[illegible]
[illegible]
[illegible]
[illegible]

[illegible]
[illegible]
[illegible]
[illegible]

[illegible]
[illegible]
[illegible]
[illegible]

[illegible]
[illegible]
[illegible]
[illegible]

2016[illegible]6[illegible]

[illegible]

[illegible]

[illegible]

[illegible]
[illegible]
[illegible]
[illegible]
[illegible]
[illegible]
[illegible]
[illegible]
[illegible]
[illegible]
[illegible]
[illegible]
[illegible]
[illegible]

[illegible]

[illegible]
[illegible]

[illegible]
[illegible]
[illegible]
[illegible]

[illegible]

[illegible]
[illegible]
[illegible]
[illegible]
[illegible]
[illegible]
[illegible]
[illegible]
[illegible]
2016年3月31日

[illegible]

[illegible]
[illegible]
[illegible]
[illegible]
[illegible]

[illegible]
[illegible]

[illegible]

[illegible]，
[illegible]。
[illegible]，
[illegible]。
[illegible]，
[illegible]。
[illegible]，
[illegible]。
[illegible]，
[illegible]。
[illegible]，
[illegible]；
[illegible]。
[illegible]，
[illegible]。
[illegible]，
[illegible]；
[illegible]；
[illegible]。
[illegible]；
[illegible]。
[illegible]，
[illegible]。

[illegible]

[illegible]，
[illegible]、[illegible]。
[illegible]，
[illegible]。
[illegible]，
[illegible]。
[illegible]，
[illegible]。
[illegible]，
[illegible]，
[illegible]。
[illegible]，[illegible]，
[illegible]、[illegible]；
[illegible]、[illegible]；
[illegible]、[illegible]。

[illegible]

[illegible]，
[illegible]、[illegible]。
[illegible]、[illegible]。
[illegible]；
[illegible]，
[illegible]。
[illegible]，

[illegible]，
[illegible]。
[illegible]、[illegible]，
[illegible]，[illegible]，
[illegible]、[illegible]。
[illegible]。
[illegible]，
[illegible]。
2015.10.30.

[illegible]

[illegible]
[illegible]
[illegible]
[illegible]
[illegible]
[illegible]

[illegible]
[illegible]
[illegible]
[illegible]
[illegible]
[illegible]

[illegible]

[illegible]
[illegible]
[illegible]
[illegible]
[illegible]
[illegible]
[illegible]
[illegible]

[illegible]

[illegible]
[illegible]
[illegible]
[illegible]
[illegible]

[illegible]
[illegible]
[illegible]
[illegible]

[illegible]
[illegible]
[illegible]
[illegible]
[illegible]

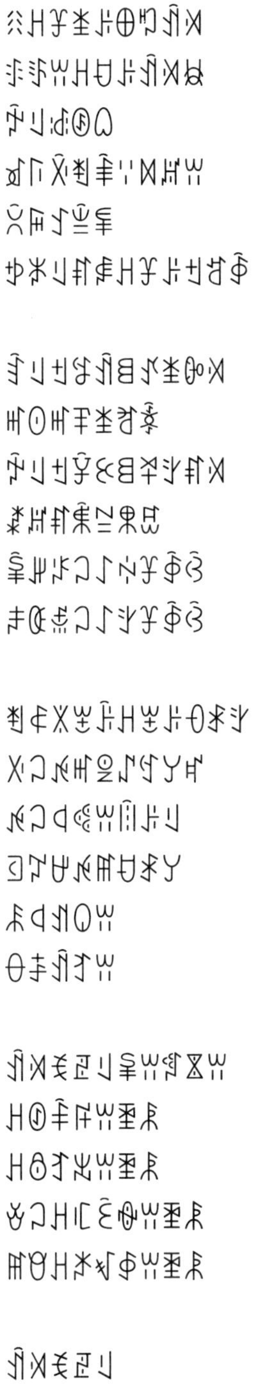

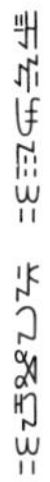

[illegible]
[illegible]
[illegible]

[illegible]

[illegible]
[illegible]
[illegible]
[illegible]
[illegible]
[illegible]

[illegible]
[illegible]
[illegible]
[illegible]
[illegible]
[illegible]

[illegible]
[illegible]
[illegible]
[illegible]
[illegible]

[illegible]

[illegible]
[illegible]?

[illegible]
[illegible]
[illegible]
[illegible]
[illegible]
[illegible]
[illegible]

[illegible]
[illegible]——
[illegible]
[illegible]
[illegible]
[illegible]
[illegible]

[illegible]

[illegible]
[illegible]
[illegible]
[illegible]
[illegible]
[illegible]

[illegible]
[illegible]
[illegible]

[illegible]：[illegible]

[illegible]

[illegible]
[illegible]
[illegible]
[illegible]
[illegible]
[illegible]

[illegible]?
[illegible]?
[illegible]
[illegible]?
[illegible]
[illegible]?

[illegible] · [illegible] · [illegible]

[illegible]
[illegible]

[illegible]
[illegible]
[illegible]
[illegible]
[illegible]
[illegible]
[illegible]
……

[illegible] · [illegible]

[illegible]
[illegible]
[illegible]
[illegible]
[illegible]
[illegible]
[illegible]
[illegible]
[illegible]
[illegible]
[illegible]
[illegible]
[illegible]
[illegible]
[illegible]

[illegible]

[illegible]
[illegible]
[illegible]
[illegible]
[illegible]
[illegible]
[illegible]

[illegible]
[illegible]
[illegible]
[illegible]

[illegible]
[illegible]
[illegible]
[illegible]
[illegible]——[illegible]
[illegible]!

[illegible]

[illegible]

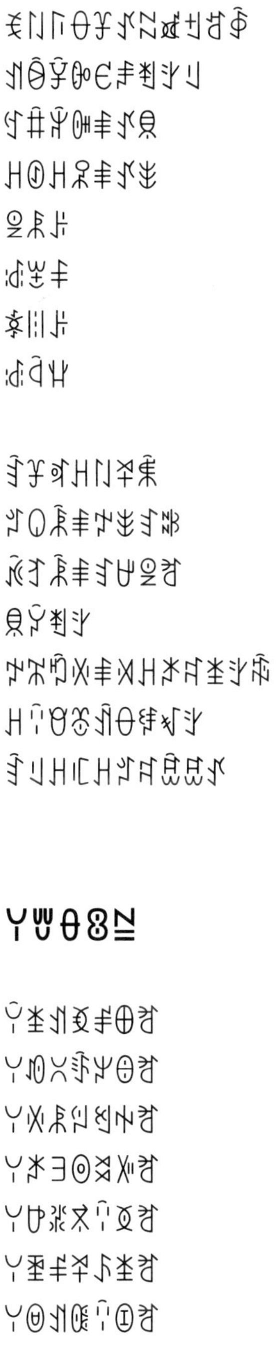

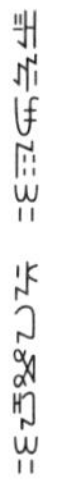

[illegible]
[illegible]
[illegible]
[illegible]
[illegible]
[illegible]
[illegible]
[illegible]
[illegible]

[illegible]

[illegible]

[illegible]
[illegible]
[illegible]
[illegible]
[illegible]
[illegible]
[illegible]

[illegible]
[illegible]
[illegible]
[illegible]
[illegible]
[illegible]
[illegible]

[illegible]
[illegible]
[illegible]

[illegible]

[illegible]
[illegible]
[illegible]
[illegible]

[illegible]
[illegible]
[illegible]
[illegible]
[illegible]
[illegible]

[illegible]
[illegible]
[illegible]
[illegible]
[illegible]

1

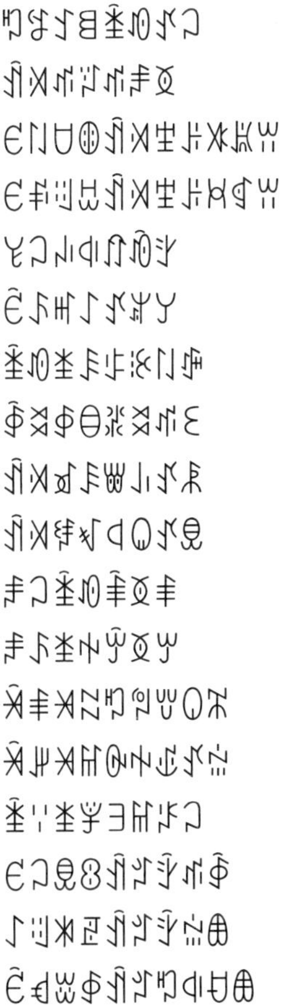

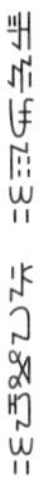

2

3

4

5

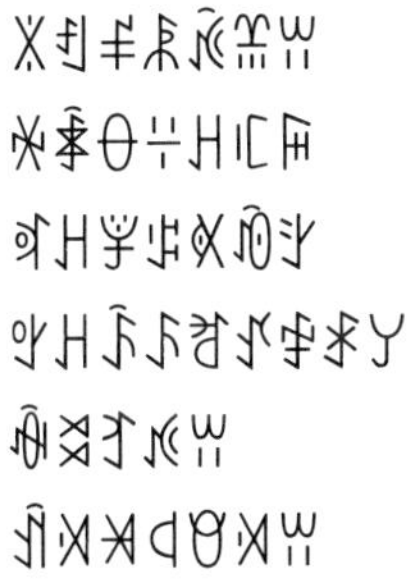

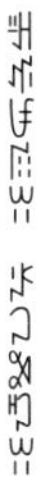

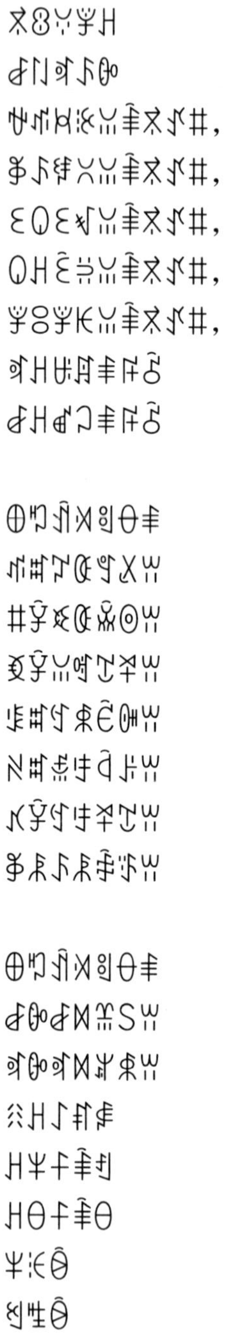

[illegible]

[illegible]，[illegible]？

[illegible]，[illegible]，[illegible]，[illegible]，[illegible]。

[illegible]，[illegible]，[illegible]，[illegible]，[illegible]。

[illegible]，[illegible]，[illegible]，[illegible]，[illegible]。

[illegible]，[illegible]？[illegible]？[illegible]？[illegible]？[illegible]？[illegible]，[illegible]。[illegible]，[illegible]。

[illegible]，[illegible]。[illegible]？[illegible]。

[illegible]，[illegible]。[illegible]，[illegible]，[illegible]。[illegible]，[illegible]？[illegible]，[illegible]，[illegible]？

[illegible]，[illegible]，[illegible]。[illegible]，[illegible]。[illegible]，[illegible]！[illegible]？[illegible]？[illegible]，[illegible]？[illegible]，[illegible]，[illegible]，[illegible]。

[illegible]，[illegible]！[illegible]，[illegible]，[illegible]。[illegible]，[illegible]，[illegible]，[illegible]；[illegible]，[illegible]。

[illegible]

[illegible]

[illegible]
[illegible]
[illegible]
[illegible]

[illegible]
[illegible]
[illegible]
[illegible]
[illegible]

[illegible]
[illegible]
……

[illegible]

[illegible]
[illegible]
[illegible]
[illegible]
[illegible]
[illegible]
[illegible]
[illegible]
[illegible]
[illegible]

[illegible]

[illegible]

[illegible]

[illegible]

[illegible]

[illegible]

[illegible]

[illegible]

[illegible]

[illegible]

[illegible]

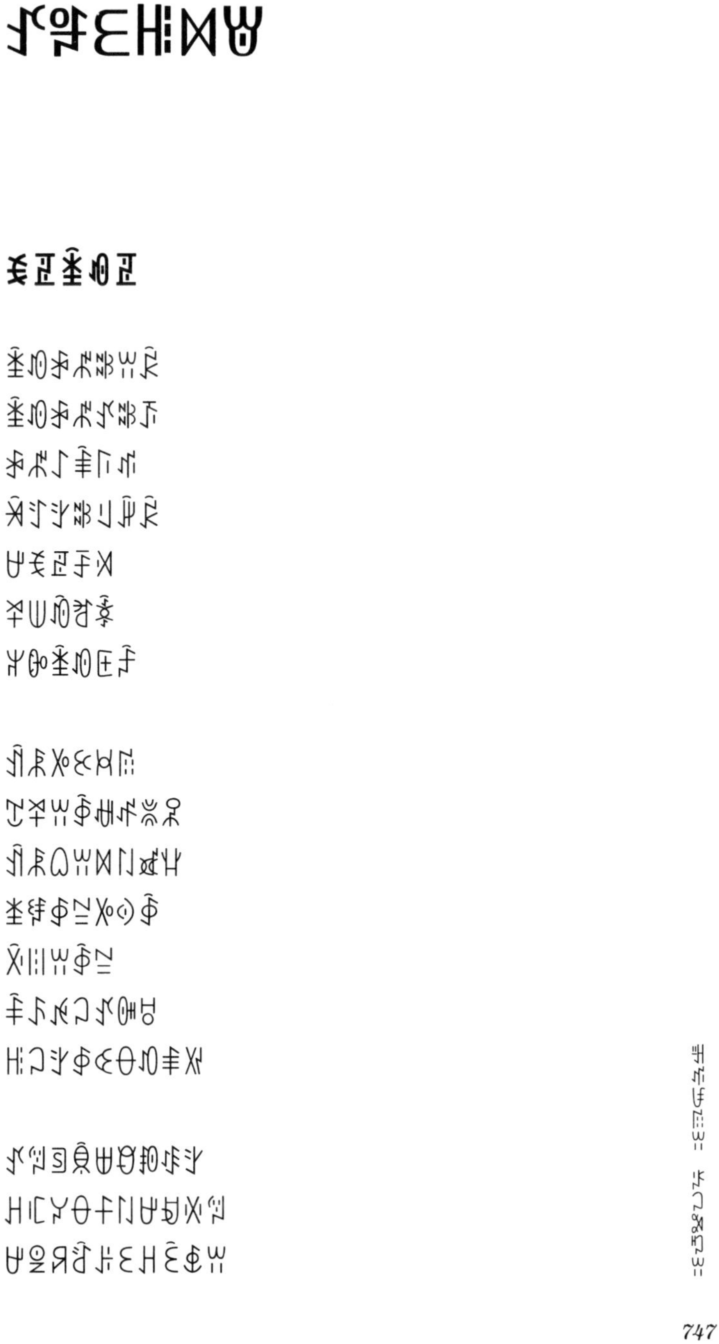

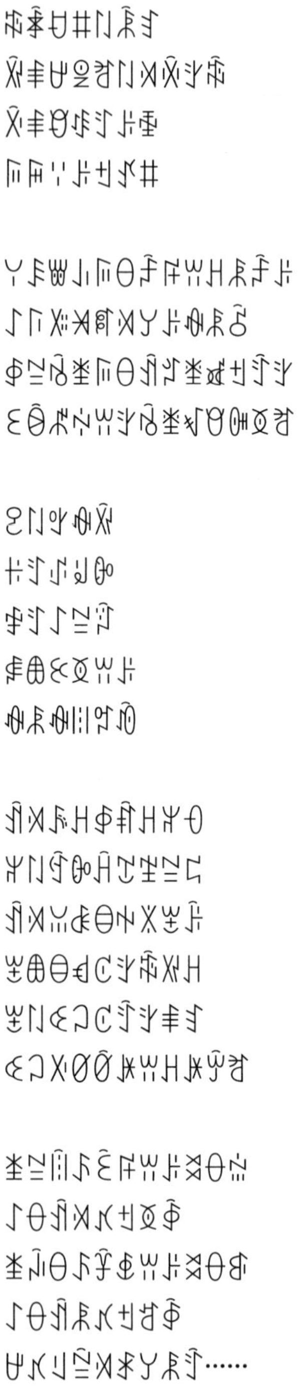

[illegible], [illegible]

[illegible]
[illegible]
[illegible]
[illegible]
[illegible]

[illegible]
[illegible]
[illegible]
[illegible]
[illegible]
[illegible]
[illegible]
[illegible]
[illegible]

[illegible]
[illegible]
[illegible]
[illegible]
[illegible]
[illegible]

[illegible]
[illegible]
[illegible]

I love you forever

I love you forever too

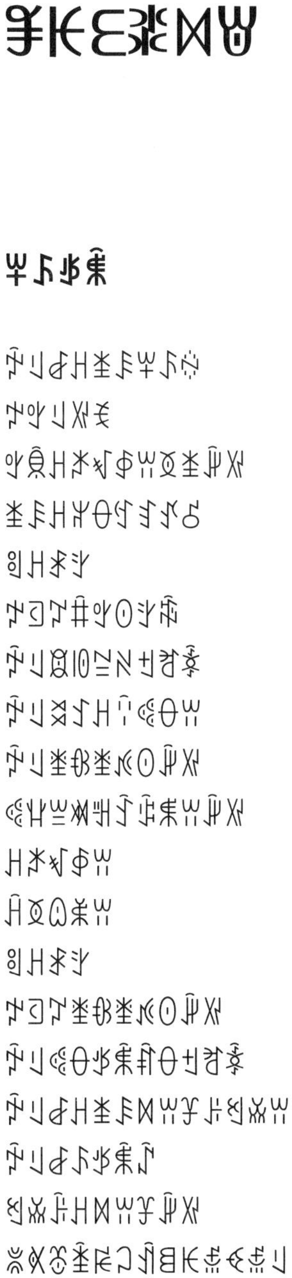

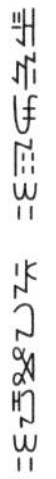

[illegible]

[illegible]

[illegible]——[illegible]

[illegible]，[illegible]，[illegible]
[illegible]，[illegible]、[illegible]，[illegible]

——[illegible]

[illegible]
[illegible]
[illegible]
[illegible]
[illegible]
[illegible]
[illegible]
[illegible]

[illegible]
[illegible]
[illegible]
[illegible]
[illegible]
[illegible]

[illegible]

[illegible]

[illegible]
《[illegible]》[illegible]

[illegible]

[illegible]，[illegible]，[illegible]
[illegible]，[illegible]，[illegible]
[illegible]。

——[illegible]

[illegible]
[illegible]
[illegible]
[illegible]
[illegible]

[illegible]
[illegible]
[illegible]
[illegible]
[illegible]
[illegible]
[illegible]
[illegible]
[illegible]
[illegible]
[illegible]

[illegible]
[illegible]
[illegible]
[illegible]

[illegible]

[illegible]，
[illegible]，
[illegible]。
[illegible]，
[illegible]，
[illegible]。
[illegible]，
[illegible]，
[illegible]。
[illegible]？

[illegible]

[illegible]，[illegible]；[illegible]，[illegible]，[illegible]，[illegible]，[illegible]，[illegible]，[illegible]，[illegible]。

——[illegible]

[illegible]，

[illegible]

[illegible]，
[illegible]。

[illegible]，
[illegible]。
[illegible]，
[illegible]
[illegible]，
[illegible]。
[illegible]，
[illegible]。
[illegible]，
[illegible]，
[illegible]。
[illegible]，
[illegible]，
[illegible]，
[illegible]，
[illegible]，
[illegible]。

[illegible]，
[illegible]
[illegible]，
[illegible]，
[illegible]，
[illegible]。

[illegible]

[illegible]

1

[illegible]
[illegible]
[illegible]
[illegible]
[illegible]
[illegible]

2

[illegible]
[illegible]
[illegible]
[illegible]
[illegible]
[illegible]

3

[illegible]
[illegible]

[illegible]

4

[illegible]

7θ3 [illegible]

[illegible]

[illegible]
[illegible]——
[illegible]
[illegible]
[illegible]
[illegible]——
[illegible]
[illegible]
[illegible]
[illegible]——
[illegible]
[illegible]
[illegible]
[illegible]——
[illegible]
[illegible]
[illegible]
[illegible]——
[illegible]
[illegible]
[illegible]

[illegible]（[illegible]）

[illegible]
[illegible]
[illegible]

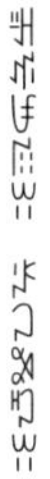

[illegible]

[illegible]

[illegible]

[illegible]

[illegible]

[illegible]

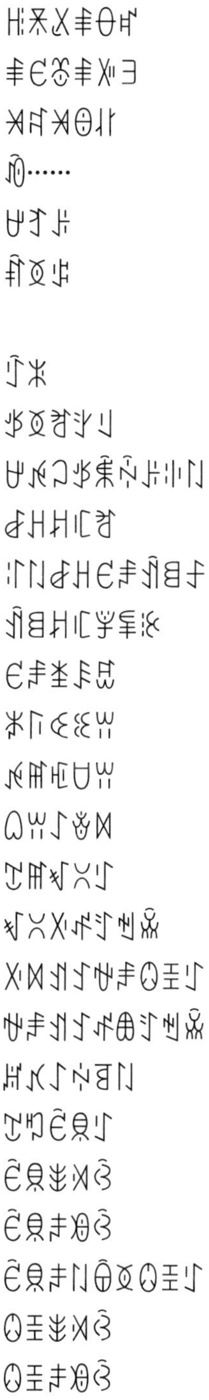

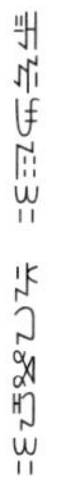

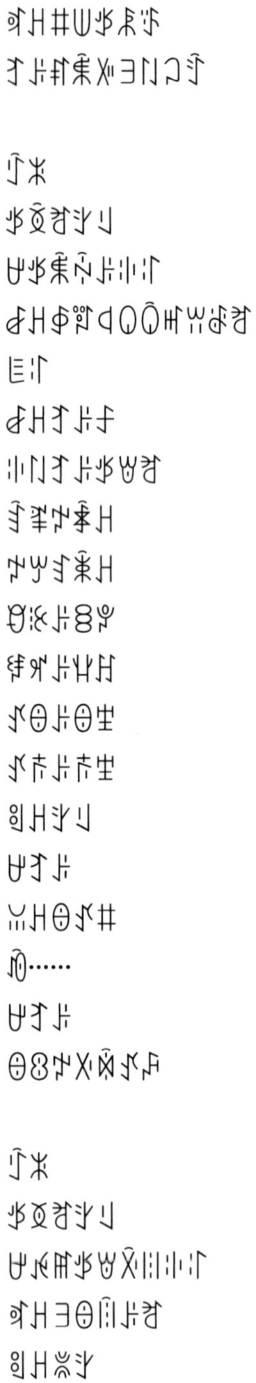

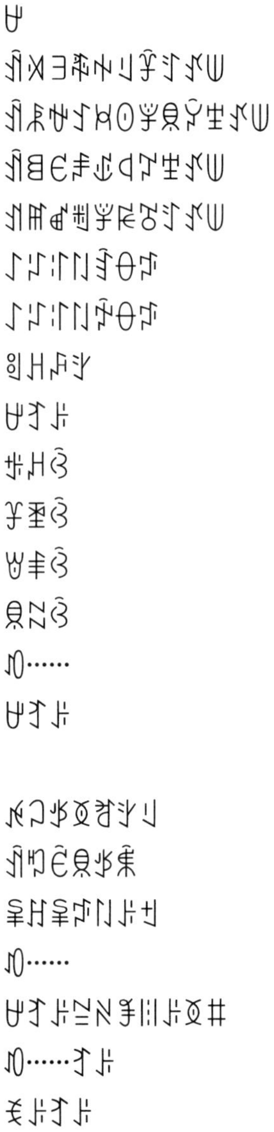

[illegible]

[illegible]

[illegible]
[illegible]
[illegible]
[illegible]

[illegible]
[illegible]
[illegible]
[illegible]
[illegible]
[illegible]
[illegible]

[illegible]
[illegible]
[illegible]
[illegible]
[illegible]
[illegible]

[illegible]
[illegible]

[illegible]

[illegible]
[illegible]
[illegible]
[illegible]
[illegible]
[illegible]
[illegible]
[illegible]
[illegible]

[illegible]
[illegible]
[illegible]
[illegible]

[illegible]
[illegible]
[illegible]
[illegible]
[illegible]

[illegible]

[illegible]

[illegible]
[illegible]
[illegible]
[illegible]
[illegible]
[illegible]

[illegible]
[illegible]
[illegible]
[illegible]
[illegible]
[illegible]
[illegible]

[illegible]
[illegible]
[illegible]
[illegible]

[illegible]
[illegible]

[illegible]，[illegible]
[illegible]
[illegible]
[illegible]
[illegible]
[illegible]——[illegible]
[illegible]

[illegible]
[illegible]
[illegible]
[illegible]
[illegible]

[illegible]

[illegible]
[illegible]
[illegible]
[illegible]
[illegible]

[illegible]
[illegible]

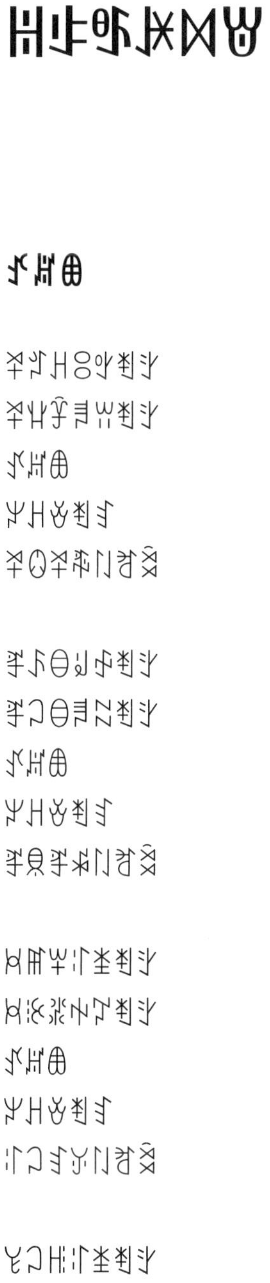

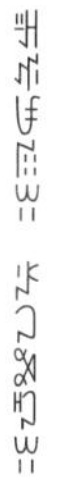

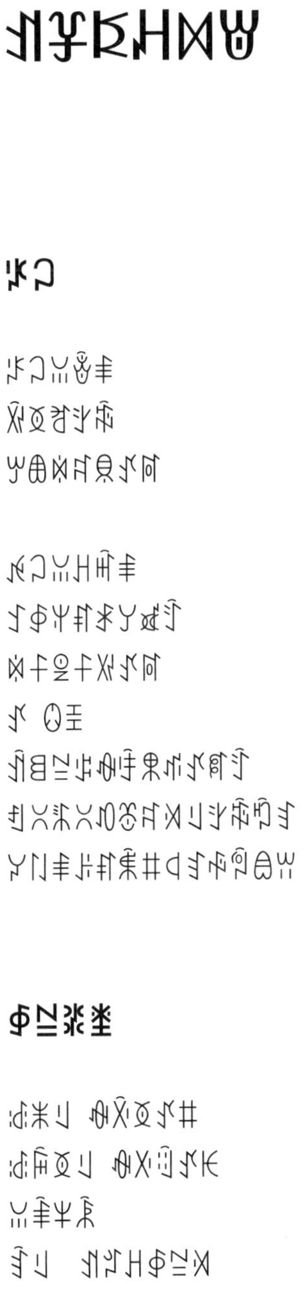

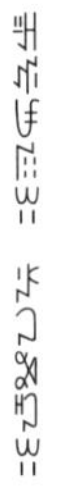

[illegible]
[illegible]
[illegible]
[illegible]
[illegible]
[illegible]
[illegible]
[illegible]
[illegible]
[illegible]
[illegible]
[illegible]
[illegible]
[illegible]

[illegible]
[illegible]
[illegible]

[illegible]

[illegible]
[illegible]
[illegible]
[illegible]
[illegible]
[illegible]
[illegible]
[illegible]
[illegible]
[illegible]
[illegible]
[illegible]
[illegible]
[illegible]

[illegible]
[illegible]
[illegible]
[illegible]
[illegible]
[illegible]

[illegible]

[illegible]

[illegible]

[illegible]

[illegible]

[illegible]

[illegible]

[illegible]

[illegible]
[illegible]
[illegible]
[illegible]
[illegible]
[illegible]

[illegible]
[illegible]
[illegible]
[illegible]
[illegible]
[illegible]

[illegible]
[illegible]
[illegible]
[illegible]
[illegible]

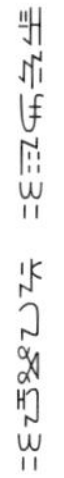

[illegible]
[illegible]
[illegible]
[illegible]

[illegible]
[illegible]
[illegible]，[illegible]
[illegible]
[illegible]——[illegible]
[illegible]——[illegible]
[illegible] [illegible]

[illegible]
[illegible]
[illegible]
[illegible]
[illegible]
[illegible]
[illegible]
[illegible]
[illegible]
[illegible]
[illegible]
[illegible]
[illegible]
[illegible]

[illegible]

[illegible]，
[illegible]，
[illegible]。
[illegible]，
[illegible]。
[illegible]。

[illegible]。
[illegible]。
[illegible]，
[illegible]。

[illegible]！
[illegible]，
[illegible]，[illegible]！
[illegible]，
[illegible]。
[illegible]！
[illegible]
[illegible]，[illegible]！
[illegible]，
[illegible]。

[illegible]

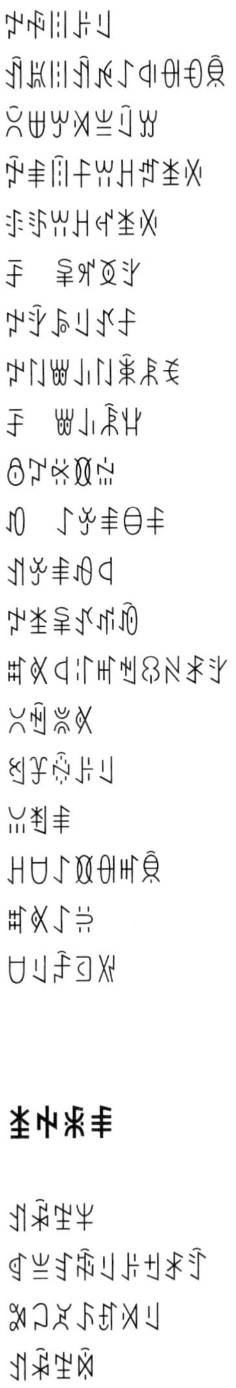

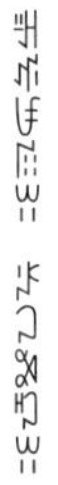

[illegible]
[illegible]
[illegible]
[illegible]
[illegible]
[illegible]
[illegible]
[illegible]
[illegible]
[illegible]
[illegible]
[illegible]
[illegible]
[illegible]
[illegible]
[illegible]
[illegible]
[illegible]
[illegible]
[illegible]
[illegible]
[illegible]
[illegible]
[illegible]
[illegible]……

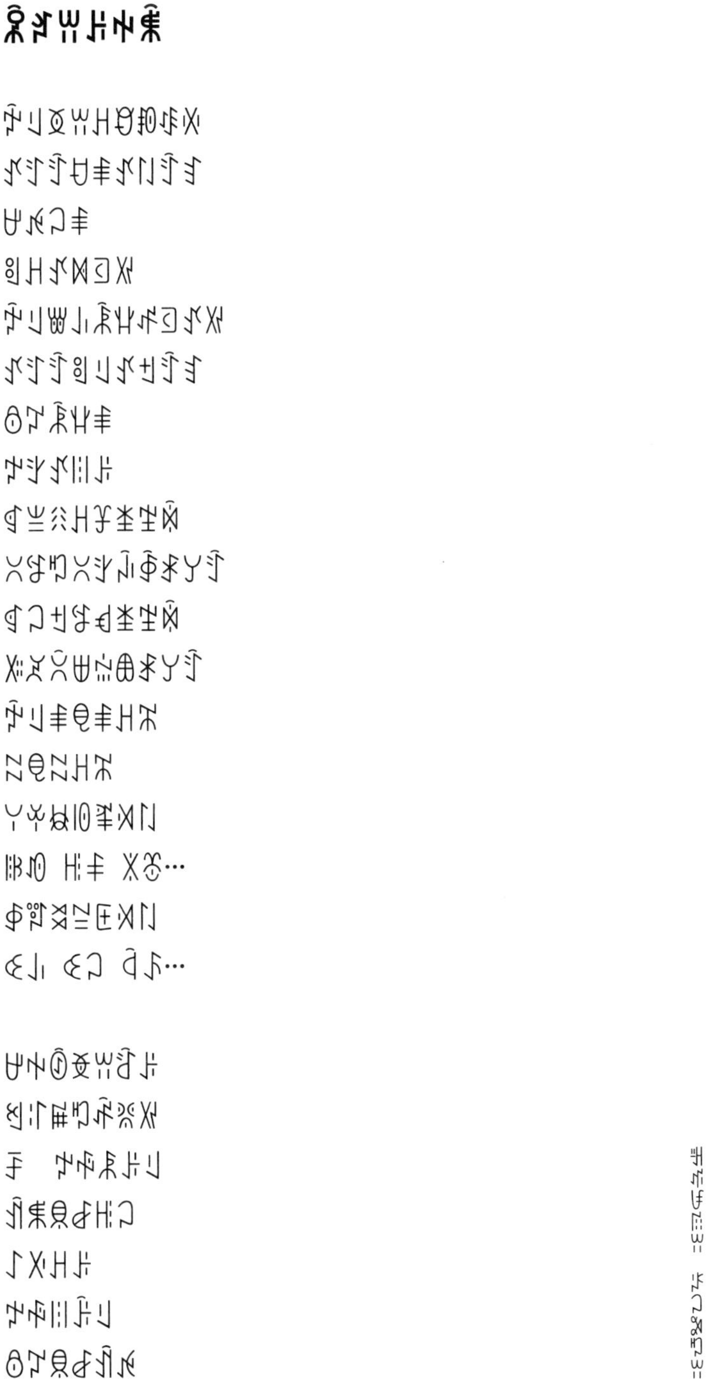

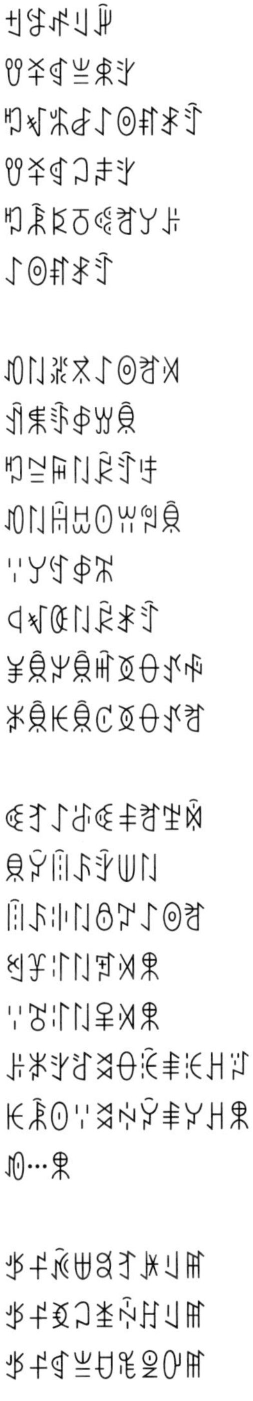

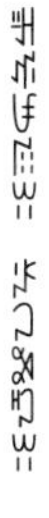

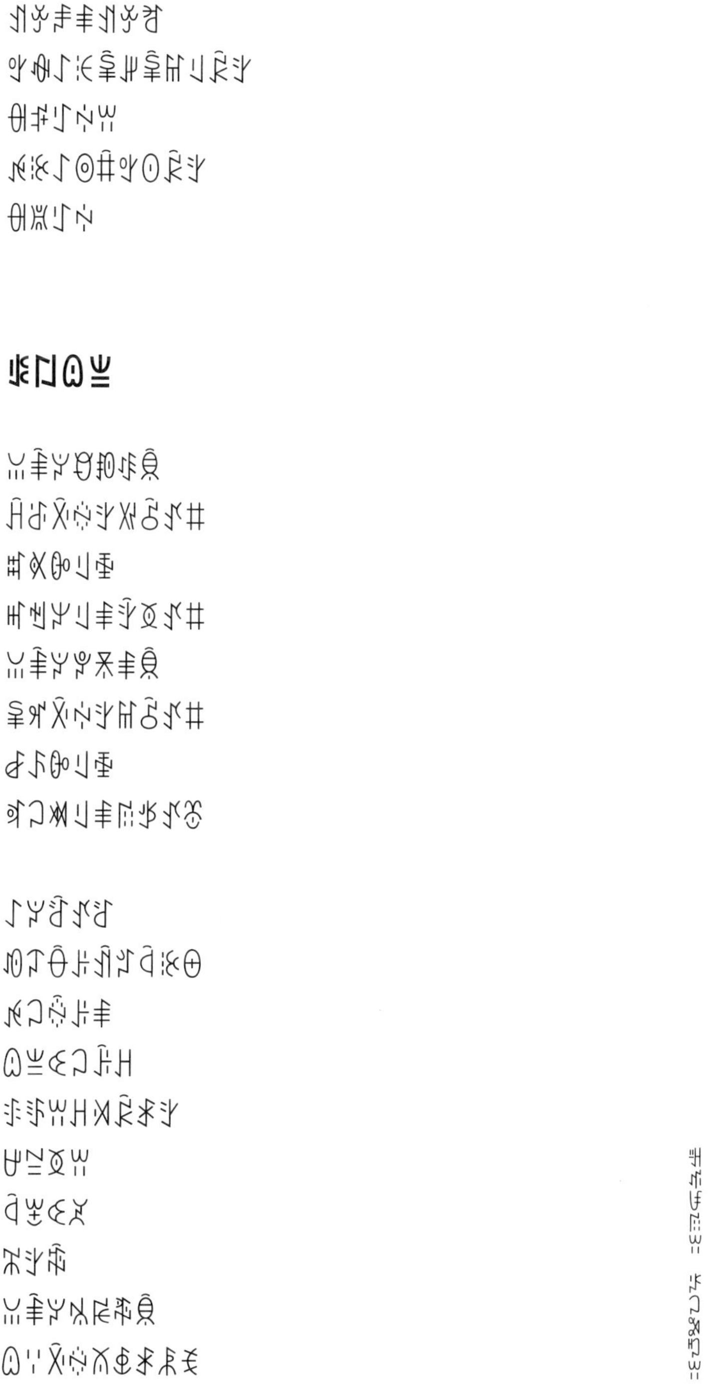

[illegible]
[illegible]
[illegible]

[illegible]

[illegible]

[illegible]
[illegible]
[illegible]

[illegible]
[illegible]
[illegible]
[illegible]
[illegible]

[illegible]
[illegible]
[illegible]
[illegible]
[illegible]
[illegible]
[illegible]
[illegible]

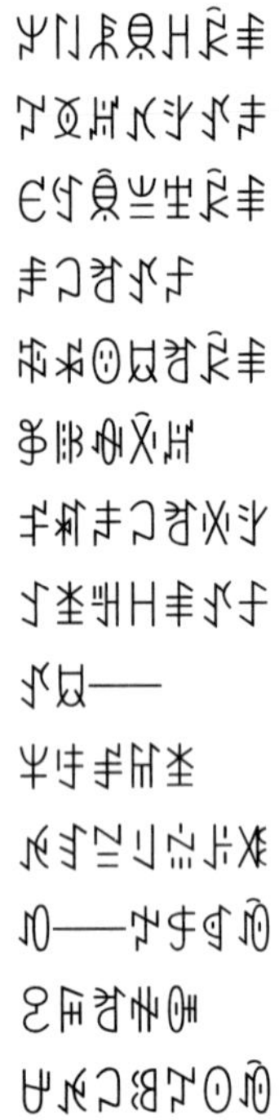

[illegible]

[illegible]

[illegible]，[illegible]
[illegible]。

——[illegible]

[illegible]，[illegible]，
[illegible]，[illegible]，
[illegible]，[illegible]，
[illegible]，[illegible]，
[illegible]！

[illegible]，[illegible]？
[illegible]，
[illegible]，
[illegible]，[illegible]。
[illegible]，
[illegible]，
[illegible]。
[illegible] ，
[illegible]。

[illegible]

[illegible]，[illegible]，
[illegible]。
[illegible]，
[illegible]，
[illegible]，
[illegible]，
[illegible]，
[illegible]，
[illegible]，
[illegible]？
[illegible]，
[illegible]，
[illegible]，
[illegible]，
[illegible]，
[illegible]，
[illegible]，[illegible]，
[illegible]，
[illegible]，
[illegible]，
[illegible]，
[illegible]，
[illegible]，
[illegible]，
[illegible]，
[illegible]。
[illegible]，
[illegible]

[illegible],
[illegible],
[illegible]!

[illegible],
[illegible],
[illegible],
[illegible],
[illegible],
[illegible],
[illegible],
[illegible],
[illegible]!

[illegible]

[illegible],
[illegible]。
[illegible],
[illegible]。
[illegible],
[illegible]。

[illegible],
[illegible],
[illegible],
[illegible]。

[illegible],
[illegible]
[illegible],
[illegible],
[illegible],
[illegible],
[illegible],
[illegible],
[illegible],
[illegible],
[illegible],
[illegible],
[illegible]。
[illegible],
[illegible]。

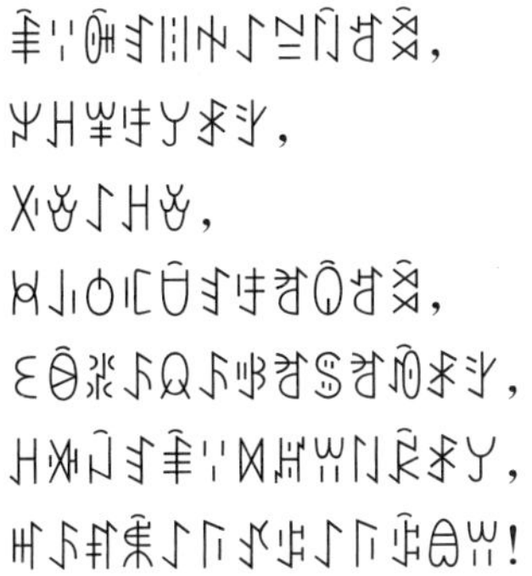

[illegible]，
[illegible]。

[illegible]——
[illegible]，
[illegible]，
[illegible]。

[illegible]，
[illegible]。
[illegible]，
[illegible]。

[illegible]，
[illegible]。

[illegible]，
[illegible]，
[illegible]。

[illegible]，
[illegible]，
[illegible]。

[illegible]，
[illegible]？
[illegible]？

[illegible]，
[illegible]，
[illegible]

[illegible]，
[illegible]，
[illegible]，
[illegible]。

[illegible]，
[illegible]，
[illegible]。

[illegible]，
[illegible]，
[illegible]。
[illegible]，
[illegible]，
[illegible]。
[illegible]，
[illegible]。

[illegible]

[illegible]，
[illegible]，

[illegible]
……

[illegible]

[illegible]

[illegible]

[illegible]

[illegible]

2017[illegible]8[illegible]22[illegible]

图书在版编目(CIP)数据

中国彝族当代母语诗歌大系. 上卷 : 彝文 / 阿索拉毅, 马海吃吉主编. -- 成都 : 四川民族出版社, 2017.9

ISBN 978-7-5409-7243-1

Ⅰ. ①中… Ⅱ. ①阿… ②马… Ⅲ. ①诗集—中国—当代—彝语 Ⅳ. ①I227

中国版本图书馆CIP数据核字(2017)第289293号

中国彝族当代母语诗歌大系（上卷）

阿索拉毅　马海吃吉　主编

出 版 人	泽仁扎西
责任编辑	秦　琳　沈阿红
封面设计	李　娟
责任印制	谢孟豪
出版发行	四川民族出版社
地　　址	成都市青羊区敬业路108号
邮　　编	610091
印　　刷	成都东江印务有限公司
成品尺寸	160mm × 240mm
印　　张	53.5
字　　数	890千
版　　次	2017年9月第1版
印　　次	2017年9月第1次印刷
书　　号	ISBN 978-7-5409-7243-1
定　　价	130.00元